Kyran

LOS
ESCORPIONES

LOS
ESCORPIONES

WALTER DEAN MYERS

Traducción de Magdalena Holguín

GRUPO
EDITORIAL
norma

Barcelona, Bogotá, Buenos Aires, Caracas,
Guatemala, Lima, México, Miami, Panamá, Quito, San José,
San Juan, San Salvador, Santiago de Chile.

A Brandon, Brian y Beverly

Título original en inglés:
SCORPIONS,
de Walter Dean Myers.

Una publicación de Harper & Row Publishers.
Copyright © 1988 por Walter Dean Myers.
Ilustración de cubierta, Bradford Brown.
Copyright © 1988 por Bradford Brown.

Copyright © 1992 para Hispanoamérica
por Editorial Norma S.A.,
A.A. 53550, Bogotá, Colombia.

Primera reimpresión, 1994
Segunda reimpresión, 1994
Tercera reimpresión, 1995
Cuarta reimpresión, 1996
Quinta reimpresión, 1996
Sexta reimpresión, 1997
Séptima reimpresion, 1997
Octava reimpresión, 1997
Impreso por Cargraphics S. A. — Imprelibros
Impreso en Colombia — Printed in Colombia.
Agosto, 1997

Dirección editorial, María del Mar Ravassa
Edición, Catalina Pizano
Dirección de arte, Mónica Bothe

ISBN: 958-04-1505-6

CONTENIDO

CAPITULO I

—¿Puedes ver algo?

—No.

—¿Por qué no bajas al metro?

—¿Crees que vendrá en autobús o que tomó un taxi?

—Ella no tiene dinero para tomar un taxi.

—Podría haber tomado el autobús.

Jamal se acodó en la ventana y miró calle abajo. Había llovido y se preguntaba si su madre habría llevado un paraguas.

—Tengo hambre —dijo Sassy.

—Ya comiste —respondió Jamal a su hermanita sin mirarla.

—¿Quieres mirar televisión?

—Tú eres la que siempre quiere mirar televisión —dijo Jamal.

—Sólo preguntaba. ¿Estás preocupado?

—No hay nada de qué preocuparse.

—Y entonces, ¿por qué estás en la ventana desde las seis?

—¿Por qué haces tantas preguntas?

—Le diré a Mama que has estado antipático conmigo.

—Díselo.

—También le diré lo que respondiste.

—No me importa.

—Encenderé el televisor —dijo Sassy.

Jamal miró el reloj de la pared. Eran casi las diez y media. Comenzó a preguntar a Sassy si había hecho sus tareas, pero luego cambió de opinión. Miró de nuevo calle abajo.

En la esquina, un hombre flaco se apoyaba contra el poste del alumbrado. Jamal observó cómo se inclinaba lentamente hacia el suelo y luego se enderezaba. Sabía que el adicto repetiría sus venias hasta quedarse dormido. Apartó la vista.

Sassy estaba mirando algún estúpido programa. Le agradaba la televisión, aun cuando los programas fueran estúpidos. Cuando tuviera un empleo, compraría una videograbadora. Así podría ir con Mama y conseguir películas en lugar de ver todas las estupideces que presentan normalmente en la televisión.

Pensó cómo le diría a Mama que tenía el dinero para la videograbadora. Quizás ni siquiera se lo diría — sólo saldría, la compraría y la traería de regalo para ella. Sassy se quedó dormida en el sofá a las once.

Jamal se apartó de la ventana y se sentó al lado de su hermana. Mama habría dicho que debía despertarla y decirle que se fuera a la cama, pero no quería estar solo.

Alguien escuchaba la radio. Probablemente Snookie. Snookie siempre ponía la radio con mucho volumen. Jamal se lo había dicho, y él había respondido que para qué tener un radio, si había que escucharlo con un volumen tan bajo que no se pudiera oír. Jamal pensaba que hasta un muerto podría escucharlo con el volumen que le daba Snookie.

Jamal tenía un poquito de hambre. Había preparado pollo y papas, pero no había mucho. Sassy se había comido una presa de pollo, y él otra. Sassy había dicho que deseaba dos presas, porque no comería papas, pero sabía que no era posible. Había que guardar algo para Mama. Si hubiera conseguido el arroz donde el señor Evans, hubiera podido preparar el arroz con pollo que tanto le gustaba a Mama.

Eran casi las doce de la noche cuando llegó Mama. Jamal estaba en el baño cuando escuchó la llave en la puerta. Salió apenas pudo. Vio que Mama había despertado a Sassy y la había llevado a su habitación.

—¿Por qué no le dijiste a Sassy que se fuera a la cama?

—Ella quería mirar televisión.

—¿Cenó?

—Sí.

—¿Qué cenó?

—Aquel pollo del domingo y unas papas. Te guardamos un poco.

Mama entró en la cocina y miró la comida. Observó que Jamal había cortado las papas en pequeños cuadros y que las había mezclado con una habas.

—¿Dónde conseguiste las habas?

—Estaban en un recipiente de plástico en el refrigerador —respondió Jamal.

—¿Trajiste el correo?

—Lo olvidé —dijo Jamal—. ¿Quieres que baje a buscarlo?

—No, estoy demasiado fatigada para leerlo —dijo Mama. Se sentó en una silla de madera, cruzó una pierna sobre otra y comenzó a quitarse los zapatos. A Jamal le agradaba el aspecto de su madre cuando llevaba el cabello corto. Se veía como aquellas mujeres africanas que salen en las revistas, fuerte y bella, de color marrón oscuro como él. Su cabello había crecido con parches grises atrás y uno sobre la frente. Se veía más vieja que antes, antes de todos los problemas con Randy.

—¿Te quedaste allí hasta las cinco?

—Me quedé hasta cuando terminó la hora de visitas —dijo Mama—. Voltea la cabeza —Jamal volvió la cabeza mientras Mama se quitaba las medias.

—¿Cómo está Randy?

—No lo sé —dijo Mama—. Todavía habla como si hubiera perdido el sentido, en lo que a mí respecta.

—¿Qué dice?

—Dice que va a apelar su caso y cosas así, y me pregunta si tengo quinientos dólares. El dinero no crecía en los árboles cuando él se encontraba en la calle, y ahora tampoco.

—¿Crees que logre salir de allí?

—Supongo que no tiene más que hacer que pensar en salir —dijo Mama. Se inclinó y se frotó el tobillo—. Espero que esta inflamación de los pies haya desaparecido mañana —dijo.

—¿Tienes trabajo?

—Recibí una llamada del señor Stanton justo antes de ir a ver a Randy. Dice que puede darme dos días esta semana. Dijo también que las cosas mejorarán para Navidad. Quizás pueda conseguir ese dinero para Randy. No lo sé.

—El otro abogado dijo que no saldría —replicó Jamal—. Dijo que no podría salir en siete años.

Mama no dijo nada. Lanzó un hondo suspiro que pareció inflarla, y luego exhaló el aire lentamente.

Jamal lamentaba lo que había dicho, pero era la verdad. Randy recibiría de quince a veinte años, y el abogado había dicho que debía pagar al menos siete antes de poder obtener libertad bajo palabra. Cuando saliera, Jamal tendría diecinueve años y Sassy quince. Era mucho tiempo.

Imaginaba cuando Randy saliera y se encontraran. Quizás estuvieran del mismo tamaño, pensaba Jamal. Incluso tal vez tendría bigote para entonces.

CAPITULO II

Cuando Jamal despertó, lo primero que escuchó fue el sonido del evangelio radial de Mama en la cocina. Miró el reloj que estaba sobre la mesa. Eran casi las siete de la mañana. Se levantó, se frotó los ojos con las manos y se dirigió al baño. Desde que Randy estaba en la cárcel, se había mudado al sofá-cama de la sala y Sassy tenía la pequeña habitación sólo para ella.

Roció su rostro con agua, y luego decidió tomar un baño. Recordó lo del calentador cuando ya se hallaba entre la tina. Estaba apagado desde hacía dos días. Encendió el agua fría y permaneció bajo ella hasta que no pudo soportar el frío; luego saltó afuera. A veces, cuando el agua no estaba congelada, permanecía largo rato bajo el agua fría.

Los cachivaches de Randy se encontraban todavía en el gabinete sobre el lavabo. Mama había comprado cosas nuevas para llevarle a su hermano mayor en su primera visita a la penitenciaría. Jamal tomó un poco de loción, se frotó las manos con fuerza una contra otra y luego sobre el rostro. Le agradaba el olor de la loción.

Terminó de secarse y tomó la ropa que había doblado cuidadosamente la noche anterior. Se vistió y se dirigió a la cocina.

—Buenos días —Mama estaba frente al fogón.

—Buenos días.

—¿Ya despertó Sassy?

—Todavía no. La despertaré.

—Aún puede dormir un poco —dijo Mama.

—Puede dormir todo el día si se lo permites —dijo Jamal.

—No tenemos huevos —Mama preparó té y sirvió una taza para Jamal. La tostada estaba ya sobre la mesa—. ¿Llevas una camiseta limpia?

—Sí, señora.

Mama tomó asiento frente a Jamal y comenzó a poner azúcar en su té. Levantó la vista cuando Sassy salió de su habitación.

—Buenos días a todos —dijo Sassy canturreando, con los ojos cerrados todavía.

—Buenos días, nena —Mama sonrió cuando vio a Sassy con su pijama chino. Sassy tenía ocho años y era de color café como su padre, pero tenía ojos grandes como Mama y Jamal.

—Dije «Buenos días *a todos*» —dijo Sassy.

—Mi nombre no es todos —respondió Jamal.

—Entonces, ¿cómo sabes que te estoy hablando? —dijo Sassy con voz triunfante mientras se dirigía al baño.

—Espero que choque contra la pared —dijo Jamal observando que mantenía los ojos cerrados.

Sassy entró en el baño sin chocar contra las paredes y cerró la puerta.

—No creo que en realidad tenga los ojos cerrados —dijo Jamal.

—¿Sabes qué dijo Randy ayer? —preguntó Mama.

—¿Qué?

—Dijo que debieras ir a ver a Mack.

—Pensé que no me estaba permitido ir allí.

—Mack salió la semana pasada —dijo Mama.

—Oh.

—¿Qué sabes de Mack?

—Sé que solía venir aquí con Randy —respondió Jamal.

—¿Por qué crees que Randy quiere que lo veas? —la voz de Mama se elevó levemente y Jamal la miró.

—No lo sé —dijo Jamal—. ¿Con qué objeto debo verlo?

—Sólo dijo que le preguntaras de cuál de los Escorpiones debías cuidarte —Mama puso otra cucharada de azúcar en su té—. Jamal, tú no has estado frecuentando a los Escorpiones, ¿verdad?

—Tú sabes que yo nunca frecuento a los Escorpiones —respondió Jamal.

—Tampoco quiero que frecuentes a Mack.

—Yo no frecuento a nadie —dijo Jamal.

—¿Quieres otra tostada?

—Sí, gracias.

Sassy salió del baño, arrastrando los pies sobre el suelo, hacia su habitación.

—No tardes todo el día en vestirte —dijo Mama.

—¿Puedo ponerme la blusa rosada?

—Sí, hazlo.

Sassy se acercó a la mesa y tomó una tostada. La llevó consigo a su habitación. Jamal no podía comprender cómo su hermana podía comer tostadas sin cubrirlas con algo.

Una paloma blanca y café voló hacia el alféizar de la ventana. Jamal se llevó el dedo a los labios e indicó la presencia del pájaro con un movimiento de cabeza. La paloma caminaba de un lado a otro sobre el antepecho de la ventana. Jamal veía otras palomas alineadas en los edificios al otro lado de la calle. Se reunían en grupos de dos y de tres, casi inmóviles bajo el duro sol de octubre; sus grises cuerpos parecían piedras en el extremo del tejado.

—No sabe siquiera que estamos aquí —dijo Jamal quedamente.

—Sí lo sabe —dijo Mama.

Había algo en la voz de Mama, una nota de

fatiga, tal vez, aun cuando el día apenas comenzaba.

—¿Crees que debo darle un poco de tostada? —preguntó Jamal.

Antes de que pudiera responder, otra paloma se posó sobre el alféizar y ambas salieron volando.

—Supongo que no quieren tu tostada —dijo Mama.

—No te vas a tomar ese té —observó Jamal sonriendo, mientras su madre ponía más azúcar en la taza.

—Entonces, ¿qué vas a hacer? —preguntó Mama ignorando su observación acerca del té.

—¿Qué quieres decir?

—Mack. ¿Vas a buscarlo?

—¿Qué deseas que haga?

—¿Alguno de esos Escorpiones te ha dicho algo?

—No.

—Entonces ¿por qué querrá Randy que Mack te diga de quién debes cuidarte?

—No lo sé.

—Jamal Hicks, ¿estás mintiendo?

—No, señora.

Sassy salió del baño con su falda azul y su blusa rosada. Se estaba poniendo brillantina en el pelo.

—¿Por qué llevas tu blusa nueva? —preguntó Mama.

—Me dijiste que podía usarla —Sassy se detuvo al borde de la mesa, agarrándose el pelo.

—No lleves esa blusa a la escuela, Sassy.

—¿Por qué dijiste que podía usarla si no debo hacerlo?

—¿Dije que podías usarla? Está bien, déjatela.

Sassy lanzó una mirada a su madre y regresó a su habitación para cambiarse de blusa.

—Jamal, estoy preocupada por ese muchacho Mack —dijo Mama—. Creo que no está bien de la cabeza.

—Nunca lo veo —dijo Jamal. Contó los trozos de tostada restantes. Tres. Ya había comido dos. Se levantó y tomó un poco de agua.

—Hay leche en el refrigerador —dijo Mama— ¿Por qué tomas agua?

—Sólo deseaba un poco —respondió Jamal.

—Entonces, ¿no buscarás a Mack?

—No.

—Quizás debieras hacerlo, si Randy piensa que alguien podría importunarte —dijo Mama.

—Quizás —dijo Jamal.

A Jamal no le agradaba Mack. Mack era diferente de todas las personas que Jamal había conocido. Tenía una extraña forma de hablar, entrechocando las palabras, de manera que era difícil comprender lo que decía. A veces parecía que también le era difícil comprender las cosas. Jamal había visto una vez a Randy preguntarle a Mack qué hora era; Mack había mirado el reloj y había respondido que no sabía. Pero lo peor eran las peleas en que se mezclaba. Durante el verano, antes de que Randy se metiera en problemas, Mack había estado en una prisión de menores por romperle el brazo a un muchacho con un bate de béisbol. El muchacho sólo lo había pisado inadvertidamente. Mama no sabía esto, pero Jamal sí.

«Es mi amigo», solía decir Randy. «Cuando uno se mete en una pelea o algo así, necesita un compañero».

Mack se encontraba con Randy y con otro sujeto llamado Willie Pugh cuando realizaron el asalto. Según los diarios, Randy y Willie habían entrado en la tienda, mientras Mack cuidaba afuera. Willie tenía sólo catorce años, así que fue asignado a un juzgado de menores; Mack tenía quince y Randy era el mayor, con diecisiete; ambos fueron juzgados como adultos.

Cuando los diarios informaron que el propietario de la tienda había sido asesinado, todos en el barrio lo comentaban. Luego Mack comenzó a ufanarse de cómo lo había hecho. Nadie le creyó, ni siquiera los otros Escorpiones; pero alguien lo delató y la policía lo arrestó. Jamal escuchó a una anciana decir que Mack sólo era un tonto, incluso, quizás, un débil mental.

«Va a embrollarlo todo», dijo la mujer morena y regordeta, «y le cargarán este asesinato sólo a él».

Jamal pensó que probablemente la mujer estaba en lo cierto. Entonces no sabía que Mack había estado implicado en el asesinato y que Randy se hallaba con él

CAPITULO III

—Jamal, espera a Sassy para acompañarla a la escuela.

—Llegaré retrasado si la espero —respondió Jama .

—Sassy, pon un poco de vaselina en tu rostro antes de salir —dijo Mama.

Sassy entró en el baño. Jamal observó que se encontraba de pie delante del lavabo y se dirigió hacia la puerta del baño a mirarla. Sassy tomó un poco de vaselina del frasco, la frotó entre sus manos y luego se la untó en el rostro. Apretó los músculos mientras se la esparcía por las mejillas, y entrecerró los ojos mientras se la esparcía por la nariz. Luego se volvió hacia Jamal y sonrió.

—¿Piensas que eres linda, o algo por el estilo? —preguntó Jamal.

—Sólo sé lo que veo en el espejo —respondió Sassy, pasando frente a su hermano.

—Mama, Sassy piensa que es linda —dijo Jamal.

—Es linda —dijo Mama.

—No, no lo es.

—Tito piensa que soy linda —dijo Sassy.

—Tito me dijo que eras fea.

—No, no te lo dijo, porque le dijo a Mary que yo era la niña más linda de tercero.

—Entonces las niñas de tercero deben de ser feísimas —dijo Jamal.

—Vamos, a la escuela —dijo Mama, acomodando el cabello de Sassy—. Y no hagan locuras por el camino.

El día comenzó mal. Jamal se había detenido a conversar con Malcolm en el pasillo y llegó tarde a clase. Tuvo que ir a la oficina y aguardar allí mientras que el director, el señor Davidson, terminaba algunos asuntos. Luego se vio obligado a entrar en su oficina y escucharlo.

—¿Cuántas veces has llegado tarde este año?

Jamal se encogió de hombros.

—Mírame cuando te hablo, jovencito.

Jamal levantó la vista hacia el señor Davidson, y luego miró de nuevo hacia el suelo. Sabía que había llegado tarde cuatro veces. Se había retrasado dos veces la semana en que Randy había sido trasladado de la prisión distrital a la departamental.

—Le pediría a tu madre que viniera a hablar conmigo, pero probablemente a ella le importa tan poco tu educación como a ti.

Jamal sintió que los ojos se le llenaban de lágrimas. Levantó de nuevo la mirada hacia el señor Davidson, y esta vez no inclinó la cabeza.

—La próxima vez que llegues tarde, tendrás que quedarte en la escuela diez minutos por cada minuto de retraso. ¿Entiendes?

Jamal no respondió.

—Te pregunté si habías entendido.

—Sí.

—Sí, señor —dijo el señor Davidson—. Al menos trata de hablar como si fueras una persona civilizada.

Cuando salió de la oficina del señor Davidson, Jamal hubiera deseado abandonar la escuela. De todas maneras, ya estaba harto de ella. Lo único que hacía era sentarse en las aulas y escuchar a los profesores decirle lo que no debía hacer. No era preciso asistir para saber lo que dirían.

La señora Rich estaba revisando las tareas cuando Jamal llegó a la primera clase. Hablaba con Brandon, quien hacía tres días no entregaba ningún trabajo.

Jamal se preguntó si se trataba de las tareas del día anterior.

No recordaba tener ninguna. Incluso había verificado.

—¿Jamal, tienes tus tareas?

—Usted no nos asignó tareas ayer —respondió Jamal.

Myrna Rivera rió socarronamente.

—Debían terminar las hojas de trabajo —la señora Rich se levantó—. Está escrito en el tablero desde hace tres días.

—Ayer no estaba en el tablero —dijo Jamal.

—Estaba en el tablero en la mañana —dijo Christine.

—Olvídalo, Jamal —la señora Rich regresó a su escritorio—. Estoy segura de que te gusta tanto el séptimo grado que piensas repetirlo de nuevo. Quizás el año entrante hayas terminado tus tareas.

Jamal no dijo nada. La señora Rich era bastante buena, pero siempre se fijaba en él. Decía que podía lograr mejores resultados con un poco más de dedicación.

Cuando Jamal llegó a casa a almorzar, Sassy ya se encontraba allí. Le encantaba llegar antes para poder abrir la puerta.

—Mama está trabajando.

—¿Cómo lo sabes?

—Timbraba el teléfono cuando entré —dijo Sassy.

—¿Llegará tarde?

—No, no está trabajando para el señor Stanton. Está haciendo un trabajo especial. Dijo que debes ir a buscar huevos y pan; podemos comer emparedados de huevo o salchichas —dijo Sassy—. Yo no quiero comer huevos.

—¿Debo comprarlos donde Evans?

—Sí.

—No iré allí.

—Mama dijo que fueras —dijo Sassy.

—No iré.

—Se lo diré a Mama.

—De todas maneras no iré.

—¿Y qué comeremos?

—Estuve ayer allí buscando un poco de arroz, y me insultó delante de todos.

—¿Qué te dijo?

—Que eso no era el Bienestar Social.

—De todas formas no tengo hambre —dijo Sassy.

—Este verano conseguiré un empleo —dijo Jamal—. Y no gastaré un centavo en su sucia tienda.

—Yo también.

—Tú no puedes conseguir ningún empleo —dijo Jamal—. Eso es para hombres.

—Tú todavía no eres un hombre.

—¿Quieres jugar al ajedrez?

—Por qué, ¿deseas perder?

* * *

Jamal regresó a tiempo a la escuela, asegurándose de pasar frente al señor Davidson para que el director notara que había llegado a tiempo. El señor Davidson no dijo nada. Eso era lo malo. Cuando hacía algo mal, todos se lo decían. Pero cuando hacía algo bien, todos se comportaban como si fuera lo normal.

Gramática era su clase favorita. No le agradaba demasiado el tema, pero la señorita Brown no estaba mal.

Hablaron de sustantivos y pronombres, y Mark Vibos se confundió de nuevo, como siempre. Casi al finalizar la clase, la señorita Brown pidió a Jamal y a Sandra permanecer un rato después de terminadas las clases para ayudarle a preparar el escenario para la obra de teatro.

—Todavía falta pintar los árboles para el trasfondo —dijo—. Creo que incluso podrían dibujar una banca de parque en el telón de fondo. Vendrán dos estudiantes más de cada clase. Pueden irse a casa cuando quieran.

—Me quedaré —dijo Jamal.

Sandra dijo que podía quedarse también.

—Bien —sonrió la señorita Brown. Era la profesora más bonita de la escuela, aun cuando no sonreía—. Hay muchas otras cosas para hacer.

Si había algo que Jamal pudiera hacer bien, era dibujar. Le encantaba dibujar y pintar. Quizás para la Navidad le pediría a Mama pinturas de verdad, no acuarelas de aquéllas que se compran en cualquier tienda. Y un pincel de verdad también. Podía pintar con los pinceles que traía su caja de acuarelas, pero deseaba un verdadero pincel de artista. Quizás incluso dos: uno grande con la punta plana, y uno pequeño de punta fina.

La obra de teatro sería presentada tres días después. Si todo iba bien entretanto, le pediría a Mama que asistiera. Sin embargo, tendría que indagar primero quién asistiría; no deseaba que el señor Davidson u otra persona comenzaran a quejarse de él. Intentaría portarse muy bien hasta entonces, y haría las tareas todos los días. Luego le pediría a Mama que asistiera a la obra de teatro, y así ella podría ver los árboles y las otras cosas que había dibujado.

Sólo tenía una clase más, con la señora Mitchell, su directora de grupo. Miró el reloj. Eran las dos y dos minutos.

—Oye, Jamal, ¿qué clase de zapatos de gimnasia usas?

Estaba comenzando apenas la clase de orientación, y Dwayne ya comenzaba a importunarlo.

—¿Por qué no te callas? —dijo Jamal.

Las clases terminarían en quince minutos y no deseaba una pelea con Dwayne.

—Sólo te hice una pregunta —dijo Dwayne, mirando en dirección de Billy Ware—. ¿Qué tipo de zapatos de gimnasia usas?

—No es asunto tuyo —replicó Jamal.

—Parece que no fueran de ninguna marca —dijo Dwayne.

—Son de la misma marca que tu cara —respondió Jamal.

—Oye, Billy, parece que Jamal consiguió los zapatos en el centro de beneficencia.

Billy rompió a reír y miró los zapatos de Jamal.

—Los compré en Bradley's —dijo Jamal.

—Parece que los hubieras recogido en el basurero de Bradley's. Probablemente tomaste de allí también esa andrajosa camisa —dijo Dwayne.

—Si te lanzo uno de estos zapatos a la cabeza, ya no te preocupará de dónde vienen —dijo Jamal.

—No te atreves, tonto —Dwayne tenía una cabeza pequeña, y sus ojos siempre parecían semicerrados.

—¿Tanto necesitas que te peguen que ya no puedes esperar? —dijo Jamal.

—Te ves como un sapo —dijo Dwayne—. Cuando te sientas como un sapo, simplemente salta hasta aquí, pues tengo algo para ti.

Dwayne miró a su alrededor para ver quién lo estaba mirando; vio que Billy Ware los observaba y sonrió.

Dwayne hacía sentir mal a Jamal. Incluso cuando el chico mayor se alejó de él, Jamal continuó sintiendo su sonrisa. Muchas cosas lo hacían sentir igual por dentro: pequeño, y débil. El tipo del almacén de muebles que le había gritado a Mama lo hacía sentir así. Los profesores que lo obligaban a ponerse de pie en clase cuando cometía un error u olvidaba las tareas. Lo peor eran los chicos mayores que se burlaban de él, porque no podía hacer nada para impedirlo. No, mientras se encontrara solo, mientras fuera pequeño y menos fuerte que ellos.

CAPITULO IV

Jamal ignoró a Dwayne durante el resto de la clase. No era fácil, especialmente por cuanto algunas de las chicas habían comenzado a reír. Cuando finalmente terminaron las clases, tomó su chaqueta y salió. Más tarde se las vería con Dwayne.

Habían construido un nuevo escenario en el auditorio durante el verano, y era bonito. La parte de atrás era más alta que la del frente, y todos los que estaban en escena podían verse desde cualquier sitio. La señorita Brown les ordenó a todos sentarse en la primera fila mientras buscaba los materiales. Pidió a Jamal que le ayudara a traer las pinturas.

Cuando estuvo todo preparado, la señorita

Brown se dirigió al fondo del escenario y abrió el telón.

Los árboles ya habían sido dibujados sobre la pared negra; sólo faltaba pintarlos. La señorita Brown señaló una superficie blanca y dijo que sería un buen sitio para dibujar la banca del parque.

—Quiero que Sandra y Evelyn Torres pinten los árboles y que Tara y Colin dibujen la banca. Jamal, quiero que abras todas las ventanas unos treinta centímetros. Esto permitirá que entre el aire. Luego puedes irte a casa, Jamal.

Lo hizo. No estaba muy satisfecho, pero lo hizo. Luego observó a los otros chicos mientras dibujaban la banca del parque y pintaban los árboles. No estaba seguro de haberlo podido hacer mejor que ellos, pero le hubiera agradado intentarlo.

Cuando llegó a casa, Sassy estaba preparando un refresco.

—¿Qué me das a cambio de un poco de refresco? —preguntó Sassy.

—¿Mama lo trajo?

—Yo lo compré —dijo Sassy.

—Si Mama lo compró, puedo tomar todo el que desee —dijo Jamal.

—Te dije que yo lo compré —dijo Sassy.

—¿Dónde conseguiste el dinero?

—No es asunto tuyo.

Jamal trató de impedir una sonrisa cuando vio

el libro de lectura de Sassy, que se encontraba sobre la mesa.

—Oye, este refresco está delicioso —dijo Sassy. Había vertido un poco en una taza, bebía y se lamía los labios.

—Creo que parece barro —dijo Jamal—. ¿Te gusta el barro?

—Está tan delicioso que no sé qué hacer conmigo misma —continuó Sassy, sin prestarle atención.

—Déjame probar para ver qué tan bueno está.

—¿Qué me darás a cambio?

—De todas formas no quiero —dijo Jamal.

—Dijiste que querías probarlo.

—Mejor será que guardes un poco para Mama.

—Compró seis paquetes, así que habrá de sobra.

—¡Te dije que Mama lo había comprado! —rió Jamal.

—Compró seis paquetes, pero luego los devolvió y me dio quince centavos, así que compré este paquete sólo para mí.

—Cuando trabaje te daré veinticinco centavos —dijo Jamal—. Dame un poco.

—Un dólar.

—Está bien, un dólar.

—Dos dólares.

—¿Quieres hacerte rica a costa mía?

Sassy sirvió un vaso grande de refresco y lo

puso sobre la mesa frente a Jamal, pero permanecía con la mano sobre él, dispuesta a retirarlo inmediatamente.

—Dos dólares —dijo Jamal.

—Me debes diecisiete dólares —dijo Sassy.

—¿Mama está bien?

—Fatigada.

—Dile que fui a casa de Tito.

—Es mejor que esperes a que despierte.

Sassy probablemente tenía razón. Se dirigió al refrigerador, lo abrió y vio que Mama había comprado mucha comida.

Entró en la sala y comenzó a hacer las tareas.

Jamal podía hacer las operaciones matemáticas sólo cuando había números corrientes. Pero cuando había fracciones, decimales, y cosas así, le resultaba muy difícil. Las matemáticas no eran imposibles para él, como lo eran para muchos chicos; sólo que no podía recordar todas las reglas.

A la señora Rich, además, le fascinaban los números negativos. El no entendía para qué servían los números negativos. Primero pensó que era como una resta, pero no era así. No podía imaginar para qué pudiera usarse un número negativo, si ni siquiera podía existir algo semejante.

A Mama le habían pagado ese día y había ido de compras. Había preparado espagueti con salsa de carne, la cena predilecta de Jamal.

Después de cenar, Jamal comenzó a lavar los

platos, pues era su turno. Así hacían las cosas. Un día Mama lavaba los platos, un día lo hacía Sassy y luego Jamal.

—Lavaré los platos por ti —dijo Sassy.

—¿Te parece bien, Mama?

—Sí, si desea hacerlo —dijo Mama.

A Sassy le agradaba lavar los platos porque cuando lo hacía Mama los secaba, y conversaban como mujeres adultas.

—¿Puedo salir?

Mama miró el reloj y luego a Jamal.

—¿Estarás de regreso a la hora debida, o tendré que salir a buscarte como si fueras un criminal?

—Regresaré a tiempo —dijo Jamal.

Jamal llevó un cuaderno al parque y subió por detrás del área de juegos. Sólo había un partido de baloncesto, y Jamal observó durante un rato. Dos ancianos se hallaban sentados frente a la casa del parque jugando cartas. Uno de ellos era el antiguo propietario de la tienda que ahora pertenecía al señor Evans. «Cuando era suya, se portaba bien», pensó Jamal. «Nunca hacía sentir mal a nadie, y cuando la gente recibía el salario le pagaba las deudas. Todos simpatizaban con él». El señor Evans no le agradaba a nadie. La mayoría de los ancianos del barrio iban a la bodega latina en la avenida Manhattan.

Jamal comenzó a dibujar árboles para ver

cómo lo hacía. Lo hizo bien. Le gustaba cómo habían quedado. Uno de ellos quedó muy bien; le hubiera gustado haber usado papel blanco en lugar de papel rayado. Al final del cuaderno, donde anotaba la lista de sus deseos, escribió «papel blanco» debajo de «chaqueta de cuero».

Al día siguiente, la señorita Brown les preguntó a Sandra y a Jamal si deseaban ayudarle de nuevo en el gimnasio. Jamal le enseñó el mejor árbol que había dibujado en su cuaderno.

—Puedo dibujar árboles —dijo.

—No está mal —dijo la señorita Brown—. La próxima vez te pediré que nos ayudes a dibujar los árboles.

Sonrió y luego se alejó.

Tito, su mejor amigo, aguardaba en la esquina. Estaba sentado con las piernas cruzadas, sobre el buzón del correo. A muchas chicas les gustaba Tito. Tenía el pelo oscuro y unos ojos negros demasiado grandes para su rostro. Pero lo que más agradaba a las chicas eran sus largas pestañas. A Tito no le gustaban las chicas y hubiera deseado cortarse las pestañas, pero su abuela le había hecho prometer que no lo haría.

—¿Qué hay de nuevo?

—Sólo aquí, ufanándome. ¿Por qué no llevas tu chaqueta? —preguntó Tito saltando del buzón.

—No sé. De todas maneras, este suéter es suficientemente abrigado.

—¿Quieres usar mi chaqueta? —Tito llevaba sus libros en un saco de lona, que balanceaba de un hombro a otro.

—¿Por qué querría usar tu chaqueta? —preguntó Jamal mientras cruzaban la calle.

Tito le hizo una mueca a la chica encargada del cruce, quien le respondió de igual manera.

—Así podré usar tu suéter —dijo Tito.

—Siempre usas mis cosas —sonrió Jamal—. ¡Qué chistoso eres!

—Es lo que hacen los hermanos —dijo Tito, quitándose la chaqueta.

Jamal dejó sus libros, y le dio el suéter a Tito. De todas maneras, hacía demasiado calor para usarlo.

Tito había comenzado a pedirle prestada la ropa a Jamal desde que se conocieron. No tenía que ser nada especial. Jamal pensó que en un par de años sería más grande que Tito, pero ahora eran casi del mismo tamaño.

—Oye, Tito, ¿tienes quince centavos? —dijo Celia Rodríguez, quien se encontraba frente a la farmacia.

—No.

—Jamal, ¿tienes quince centavos?

—Si te doy quince centavos, ¿me darás un beso? —preguntó Jamal.

—Si me das quince centavos, te daré quince besos —dijo Celia.

—Lástima, no los tengo —dijo Jamal encogiéndose de hombros.

—Eres demasiado mezquino, Jamal Hicks —Celia se despidió de Jamal con la mano, y entró de nuevo en la farmacia.

—Sé que le gustas, Jamal —dijo Tito—. Cada vez que te mira, sonríe.

—Es demasiado alta. Todas las chicas de tercero son demasiado altas.

—¿Quieres venir a mi casa?

—Primero debo averiguar qué está haciendo Sassy.

—Está bien.

Tito se detuvo y señaló al otro lado de la calle, donde se hallaba un bombero dirigiendo la salida de un camión de incendios. Los dos chicos observaron mientras el camión salía cuidadosamente a la calle, giraba, y luego, con la sirena encendida, se dirigía rápidamente hacia el centro de la ciudad.

—Te apuesto a que se trata de una falsa alarma —dijo Tito.

—¿Le dijiste a Sassy que era bonita? —preguntó Jamal.

—No, ¿ella dijo eso?

—Sé que no se lo dijiste; ella siempre dice que alguien le dijo que era bonita o inteligente.

Jamal oprimió dos veces el timbre de la puerta

antes de entrar, como solía hacerlo. Verificó los buzones y vio que habían recibido algo que parecían dos billetes, una propaganda y una carta de aspecto oficial. Mientras se ocupaba del correo, Tito había subido ya al segundo piso, y Jamal tuvo que correr para alcanzarlo.

Jamal golpeó en la puerta con ambos puños.

—¿Quién es? —la voz de Sassy se escuchaba a través de la puerta de hojalata.

—Yo.

La puerta se abrió, y Tito y Jamal entraron.

—¿Está Mama en casa?

—Llamó y dijo que estaba trabajando para el señor Stanton. Dijo que tú deberías asear mi habitación.

—Siempre puedes decir una mentira más rápido que una verdad, niña.

—¿Cómo estás, Tito? —preguntó Sassy.

—Bien. ¿Por qué le dijiste a Jamal que yo te había dicho que eras bonita?

—¿No crees que soy bonita?

—No estás mal —respondió Tito.

—No te pregunté si estaba mal —dijo Sassy—. Dije «bonita».

—Dile que es fea —dijo Jamal. Puso dos rebanadas de pan en la tostadora y luego abrió el refrigerador para buscar la mermelada.

—Está bien, Tito —Sassy se colocó frente a él—. Eres católico, ¿verdad?

—¿Y eso qué tiene qué ver? —Jamal puso la mermelada sobre la mesa.

—No estoy hablando contigo —dijo Sassy. Puso su mano sobre la cadera—. ¿Tito, eres católico?

—¿Y eso qué tiene que ver? —preguntó Tito.

—¿Ten cuidado, amigo. Te va a atrapar.

—¿Te avergüenza ser católico? —preguntó Sassy, acercándose más a Tito.

—No, soy católico —respondió Tito buscando a Jamal con la mirada.

—Y no debes mentir, ¿verdad?

—La verdad es que eres fea —dijo Jamal. Movió la silla para observar qué haría Sassy.

—No debes mentir, ¿verdad?

—Sí —Tito miró a Jamal pidiendo ayuda.

La tostada estaba lista y Jamal fue a tomarla.

—Entonces dime la verdad, Tito —Sassy bajó la voz—. ¿Soy bonita o qué?

—Estás bien —murmuró Tito.

—¿Por qué te sientes incómodo?

Jamal se volvió y miró a Tito. Era verdad, Tito se había ruborizado. Jamal se acercó, le revolvió los cabellos y le empujó la cabeza contra la mesa.

—No le digas que es bonita —dijo Jamal—. Te daré las dos tostadas si no se lo dices.

—Lo tiene escrito en el rostro —dijo Sassy, poniendo la cabeza en la mesa al lado de la de Tito—. ¿Verdad, Tito Cruz?

—Si dices que es bonita, tendrás que casarte

con ella —dijo Jamal—. Aún es tiempo de escapar.

Jamal corrió hacia la puerta y la abrió. Tito levantó la mirada y viéndolo allí, agarró sus libros y corrió hacia afuera.

—Jamal, ¿a qué hora vendrás? —gritó Sassy a su hermano.

—A las seis —respondió Jamal—. Haré mis tareas en casa de Tito.

—Será mejor que estés aquí si llama Mama.

—Cierra la puerta y pon el cerrojo, fea.

—Debieras haberle dicho que es fea —dijo Jamal—. Pero es igual, porque de todas maneras no te lo creería.

Bajaron por la avenida hacia la calle 125, comiendo las tostadas. Jamal estaba enojado consigo mismo por no haberles puesto mermelada.

—Si Mama no tiene que trabajar mañana, ¿quieres venir a cenar a casa?

—Sí, ¿qué cenarán?

—¿Cómo voy a saberlo?

—De todas maneras, no me importa, excepto si es pescado —dijo Tito—. No puedo soportarlo.

—¿A qué hora debes regresar a casa?

—A cualquier hora —respondió Tito sonriendo—. La abuela dijo que debiera ser más responsable. Así que puedo permanecer afuera un poco más, pero no llegar muy tarde.

—¿Recibiste carta de tu padre?

—Sí. Está demasiado ocupado. La abuela dice que es igual, porque es la abuela quien lo debe cuidar a uno. Dice que en Puerto Rico todo el mundo trata a los abuelos como si fueran sus verdaderos padres. Dice que la familia es más importante en Puerto Rico que aquí.

—¡Qué pequeños tienes los dientes! —observó Jamal—. Abre la boca.

Se detuvieron frente a una tienda de muebles usados y Tito abrió la boca para que Jamal pudiera observarle los dientes.

—Son bonitos, pero los dientes del frente son un poco pequeños —dijo Jamal.

—Enséñame los tuyos.

Jamal abrió la boca y Tito le miró los dientes.

—Sólo los dos dientes del frente son más grandes que los míos —dijo Tito.

—Oye, tengo que visitar a Mack, en la calle 126 —dijo súbitamente Jamal—. ¿Quieres venir conmigo?

—¿Ahora?

—Sí.

—Está bien. ¿Quién es Mack?

—Un tipo que pertenecía a la pandilla de mi hermano —Jamal miró calle abajo hacia el sitio donde una pareja discutía frente a un solar vacío.

—¿Para qué quieres verlo?

—Mama visitó a Randy, y Randy le dijo que yo debía ir a buscarlo.

—¿Tu mamá fue a la cárcel a visitar a Randy?

—Sí.

—¿Fuiste con ella?

—No, es preciso tener catorce años, o algo así —respondió Jamal—. Quizás más. De todas maneras, no me gustaría verlo en prisión.

Tres perros callejeros, dos pequeños de pelo negro e hirsuto, y uno más grande, café y blanco, con la cola enroscada sobre el lomo, cruzaron la calle. Se acercaron a una dama robusta que aguardaba el autobús.

—¡Fuera! —la dama pateó el suelo.

El perro grande y uno de los pequeños se alejaron rápidamente, pero el tercero permaneció inmóvil y comenzó a gruñir amenazadoramente.

—¡Asústalo moviendo tus grandes caderas! —gritó un hombre sentado en la banca—. ¡A mí eso me mataría del susto!

La mujer le dirigió una mirada furibunda que lo hizo callar y se volvió de nuevo hacia el perro. El perro comenzó a gruñir, miró a su alrededor y vio que sus compañeros ya se encontraban lejos de allí. Entonces prosiguió su camino.

—¿Randy va a apelar su caso? —preguntó Tito—. Le conté a mi primo que lo habían enviado a la cárcel, y dijo que podría apelar.

—¿Por qué se lo contaste? —Jamal se detuvo y miró a Tito.

—Porque... No lo sé —respondió Tito.

—Siempre hablas demasiado, amigo.

—Lo siento.

—¿Se lo dijiste a la abuela?

—No.

—Sí, lo hiciste.

—No, no lo hice.

—Si ella dice una palabra al respecto, me marcharé de tu casa y nunca más seremos amigos —dijo Jamal.

Jamal volvió ligeramente la cabeza, para poder observar a Tito con el rabillo del ojo. Deseaba hacerle saber que hablaba en serio.

—Vamos —dijo Tito—. No seas así.

—¿Vendrás conmigo a ver a Mack?

—Sí.

Jamal se volvió y comenzó a caminar hacia la calle 126. Tito lo seguía a cierta distancia, sin intentar alcanzarlo.

Había un grupo de hombres mayores frente a la puerta de la peluquería. Conversaban en voz alta, y se detuvieron para ver pasar a un joven que llevaba una caja de cadenas. Uno de los hombres sacudió la cabeza.

—Eso seguramente pesa más que yo.

El hombre era delgado, de hombros altos y cuadrados. Las mangas de la chaqueta que llevaba no le llegaban hasta las muñecas.

—No se entrometa en mis asuntos, o de lo contrario la descargo en su cabeza —gritó el joven.

—¡Venga entonces! —el hombre delgado metió la mano en el bolsillo trasero y la dejó allí. El joven lo miró malhumorado y luego continuó lentamente. Tito alcanzó a Jamal.

Mack vivía en un inquilinato. Sólo había una ventana abierta, y ésta ostentaba un cartel anunciando cigarrillos. Sobre la puerta había otro cartel — no uno de verdad, sino de aquéllos que alguien había pintado sobre un trozo de madera, que anunciaba juegos de vídeo. Desde la calle, el lugar lucía bastante oscuro.

Jamal había estado allí antes con Randy. Sabía que era un sitio de distribución de droga. La preparaban en la trastienda y luego los jóvenes la llevaban a vender.

Adentro se encontraban un par de tipos mirando dibujos animados en la televisión. Uno de ellos llevaba un radio portátil. Jamal codeó a Tito y señaló con la cabeza. El radio significaba que probablemente el sujeto era un vendedor de droga. Era la manera que tenía a veces Randy de conseguir dinero. Podía obtener muchísimo dinero distribuyendo droga. Sólo había que cuidarse y no comenzar a consumirla uno.

Había dos máquinas de juegos de vídeo en un lado de la pequeña tienda, donde alguna vez habían vendido abarrotes. Unas pocas latas de legumbres estaban colocadas irregularmente sobre los polvorientos estantes. Jamal miró a Tito.

Los ojos de Tito estaban muy abiertos, pero todavía se encontraba allí. Así era Tito. A veces se ponía nervioso, pero no le fallaba a uno.

—Chicos, ¿qué buscan aquí? —resongó un hombre robusto, apoyado sobre el mostrador.

—Busco a Mack.

—¿Mack qué?

—Mack el de los Escorpiones —dijo Jamal.

—No está por aquí —fue la hosca respuesta.

—¿Dónde se encuentra?

—No soy su padre.

—No dije que lo fuera.

—Será mejor que se marche ya mismo de aquí, descarado.

Jamal miró al hombre. Luego se volvió lentamente y se dirigió hacia la puerta.

—¿Quieres esperar un poco? —preguntó Jamal a Tito—. Quizás venga más tarde.

—No sé. ¿Qué hora es?

—Puedes marcharte. No me importa.

—Esperaré contigo.

Aguardaron cerca de la esquina. Jamal se apoyó contra un Mercedes plateado, y Tito se sentó en la acera, a su lado.

Jamal no deseaba hablar con Mack. Mack sólo era un problema, como había dicho Mama. En orden de edad, era el segundo de los Escorpiones, pero no actuaba como si lo fuera. Se portaba como un niño. Jamal no podía comprender cómo podía ser amigo de Randy.

Justamente antes de que el jurado terminara de deliberar, todos habían entrado en la sala de la audiencia, y Randy había hablado con Jamal en el pasillo. Le dijo una cantidad de cosas acerca de cómo ahora Jamal era el hombre de la casa y tendría que ocuparse de sus negocios si las cosas salían mal.

«No podrán enviarme a prisión», decía Randy.

Jamal recordaba cómo Mama había apartado la vista de Randy. Mama era morena, como lo era él, y Jamal podía observar las lágrimas que le corrían por las mejillas. Cuando los llamaron para entrar en la sala de la audiencia, el abogado tuvo que ayudar a Mama.

Randy ya sabía que las cosas saldrían mal porque sabía que era responsable del atraco y que había matado al hombre. Había culpado a Willie. Había dicho que él y Willie sólo habían entrado a comprar algo cuando Willie había sacado su arma y había anunciado que se trataba de un asalto. Mack había dicho lo mismo. Willie había dicho que él ni siquiera se encontraba allí.

Jamal estaba enojado con Randy, muy enojado. Especialmente al ver llorar a Mama. Cuando llegó a casa la noche del juicio, sólo se sentó a mecerse y a llorar. También rezaba muchísimo, pero eso no ayudaba para nada. A veces Jamal se enojaba con Dios, pero Mama decía que no debía hacerlo.

«Dios no ha asesinado a nadie», decía.

Cuado la señora del jurado dijo que Randy era culpable, Mama se echó a llorar.

Jamal había mirado a Randy. Mostraba una gran frialdad. Jamal odiaba eso; uno no debiera lucir así cuando está haciendo llorar a su madre.

—¿Cuánto crees que tarde? —preguntó Tito mientras aguardaban frente a la tienda.

—Te dije que podías marcharte si lo deseas —dijo Jamal, caminando hacia el Mercedes.

Tito se puso de pie y se apoyó contra el automóvil, cerca de Jamal.

—No me iré —dijo Tito—. Sólo estaba pensando.

Un hombre pequeño, robusto, de cabeza cuadrada, vestido con un traje gris y una camisa rosada, se disponía a entrar en la tienda; luego se detuvo y se dirigió hacia Tito y Jamal:

—¿Por qué se apoyan contra mi auto?

Jamal miró el automóvil y se alejó de él. Tito también se movió. El hombre le dio un empellón a Tito y por poco lo hace caer.

—¿Por qué hizo eso? —preguntó Jamal.

Jamal apartó la vista del hombre por un momento y luego vio que una mano enorme se aproximaba; sintió el golpe en pleno rostro.

—¡Si los vuelvo a ver cerca de mi auto de nuevo, tendrán su merecido! ¿Me escucharon?

Jamal buscó algo con lo cual pudiera golpear al hombre. Uno de los jóvenes que se encontraba en la tienda, el del radio portátil, salió y se situó al lado del hombre.

Tito había girado en torno al automóvil y Jamal, con el sabor de la sangre en la boca, retrocedió.

—¿Cómo permites que jueguen con mi auto? —el hombre se volvió y gritó al joven.

El joven, un muchacho alto y flaco, se apartó rápidamente de él. Miró con rabia a Tito y a Jamal.

El joven siguió al hombre a la tienda, mientras Jamal buscaba algo para tirarle al Mercedes.

—Oye, Jamal, ¿qué sucede?

Jamal levantó la vista y vio a Mack; llevaba la chaqueta negra y dorada de los Escorpiones, y se dirigía hacia ellos.

CAPITULO V

Mack quería caminar hasta el parque Marcus Garvey, pero Tito dijo que no deseaba ir allá. Jamal tampoco quería ir al parque con Mack. Entonces se dirigieron hacia la calle 116. Había vagos sentados en una de las bancas, así que Jamal, Tito y Mack se dirigieron a otra.

—¿Cuándo saliste? —preguntó Jamal.

—La semana pasada —respondió Mack—. Un tipo que conozco iba a ser trasladado de Spofford a Green Haven, y le pedí que buscara a Randy y le informara que yo ya había salido.

—Randy dice que tú lo delataste —dijo Jamal.

—No, hombre, yo no lo delaté —dijo Mack sacudiendo la cabeza—. Randy y yo siempre hemos sido buenos amigos. Fue Willie quien lo hizo. Lo apresaron por posesión de droga, e intentó liberarse delatándonos a Randy y a mí. Cuando me arrestaron, les dije la verdad, como me lo había dicho Randy: Willie fue quien disparó. Estaba drogado. Randy le dijo que no lo hiciera, pero se drogó de todas maneras.

—Si no delataste a Randy, ¿por qué te dejaron en libertad?

—Me dejaron en libertad porque les dije que Randy y Willie se encontraban allí. Randy no está enojado por eso, porque los policías tienen la declaración de la otra señora que se hallaba en la tienda. Les dije que era Willie quien había disparado.

Tito estaba sentado en la parte trasera de la banca. Tenía la cabeza hacia atrás y había entornado los ojos.

—Sí, eso es lo que tú dices —Jamal miró hacia el campo de juegos, donde había dos niñas en los columpios.

—Es la verdad —dijo Mack.

—Randy dijo que te buscara.

—Su abogado me telefoneó y dijo que podía apelar por dos mil dólares —dijo Mack—. Tú sabes que no tengo esa cantidad de dinero. Si lo tuviera, se lo daría al abogado para que procediera a hacerlo.

—¿Dos mil? —Jamal recordaba que Mama había dicho que Randy necesitaba quinientos dólares.

—¿Quién es éste? —preguntó Mack, señalando a Tito con la cabeza.

—Es mi amigo Tito —dijo Jamal.

Un autobús rojo se detuvo frente al paradero del parque, y una señora gorda se apeó. Jamal observó que sus piernas parecían arcos. Los tobillos casi tocaban el suelo.

—Randy dice que quizás pueda conseguir el dinero con los Escorpiones, pero los Escorpiones no podrán hacer ningún negocio si se mezclan con Randy —dijo Mack.

—¿Y por qué?

—Porque no quieren a Randy pues ya está demasiado viejo. No desean tener chicos de diecisiete años o más. A los chicos como tú y tu amigo no les exigen atestiguar. Randy está viejo. Si lo atrapan, tendrá que delatar a alguien.

—Yo no tengo nada que ver con los Escorpiones —dijo Jamal—. No pertenezco a ninguna pandilla.

—Si te unes a los Escorpiones, podrás conseguir el dinero para que Randy pueda apelar —dijo Mack—. Randy dijo que si lo atrapaban, tú debías ocupar su lugar.

—¿Unirme a los Escorpiones?

—Sí, Randy dice que pueden distribuir para los latinos de la calle 96. Ellos pueden hacer ese tipo de dinero fácilmente.

Jamal miró a Tito. Tito lo miró, y luego apartó la vista.

—Los Escorpiones no me permitirán ser el jefe de su banda así no más —dijo Jamal.

—Sí, sí lo harán. Si yo te protejo, tendrán que respetarte, porque soy Mack —dijo—. Todavía soy el jefe. No se atreven a desafiarme. Entra y diles que tomarás el lugar de Randy. Yo te protegeré y todo saldrá bien.

Jamal observó a un grupo de palomas alrededor de una torta de maíz a medio comer que había en el suelo. Una golondrina aterrizó en medio de ellas, picoteó la torta y luego se alejó a saltitos, mientras que una de las palomas la atacaba con el pico.

—Tú perteneces al grupo. ¿Por qué no diriges a los Escorpiones y consigues el dinero? —preguntó Jamal.

—Eso no fue lo que dijo Randy —respondió Mack.

—Sólo tengo doce años —Jamal se mordió los labios y apartó la mirada.

—Tendrás veintiuno con lo que tengo para ti —dijo Mack—. Tengo un arma que no puede ser destruida con karate. Esta 357 es un pasaje al cielo.

Un ciego y su perro cruzaban la avenida Saint Nicholas. Jamal observó cómo el hombre seguía al perro por la calle. El perro lucía feliz conduciendo a su amo.

—Tengo que pensarlo —dijo Jamal.

—Randy dice que tienes el valor necesario.

—Sí, él también lo tenía. Y mira dónde está.

—Yo te protegeré, no hay nada de qué preocuparse. Seremos amigos, como lo soy de Randy.

—Sí. ¿Estarás por aquí mañana?

—Mañana debo presentarme al oficial de la policía. Vendré pasado mañana.

—Está bien —Jamal se puso de pie—. Te veré entonces. ¿Cuánto dices que necesita?

—Quinientos-dos mil dólares —dijo Mack.

—¿Qué quieres decir? ¿Quinientos o dos mil?

—Sí.

—¿Sí?

—¿Quieres que traiga lo que ofrecí cuando venga?

—No, aún no —dijo Jamal—. Tito y yo debemos marcharnos. Te veremos frente a la tienda pasado mañana.

—Allí estaré.

Jamal comenzó a caminar hacia el centro. Tito lo seguía. Estaba comenzando a ventear, y el viento arrastraba trozos de una bolsa de comida rota contra sus piernas, y polvo contra su rostro. Llegaron a la avenida octava sin decir palabra.

Subieron por la calle 123 hasta el edificio de apartamentos donde vivía Tito.

—¿Cómo te sientes? —Tito miró a Jamal.

—Bien.

—No luzcas triste, ¿está bien? —Tito enderezó

el cuello de la chaqueta de Jamal—. Si mi abuela te ve triste, comenzará a hacer preguntas.

—Sí.

—Quería decir una pistola, ¿cierto? —preguntó Tito—. Cuando dijo que traería algo, era una pistola, ¿verdad?

Jamal se encogió de hombros.

—Jamal, no me agrada ese tipo. Se porta como si se drogara, o algo así.

—Siempre ha sido así —dijo Jamal—. Nunca se porta bien. Por esto a Mama no le agradaba que viniera a nuestra casa.

—¿Por qué le agradaba a tu hermano?

—Porque él es un estúpido.

—Oye, trata de verte bien —dijo Tito mientras esperaban el ascensor.

Una chica latina de cabello oscuro con un perro enorme salió del ascensor, y el perro ladró a Jamal. Jamal saltó hacia atrás, y el perro pasó a su lado.

—Tu perro es un gozque —dijo Tito a la chica.

Mientras subían, Tito preguntó a Jamal qué pensaba hacer, pero Jamal de nuevo se encogió de hombros. No lo sabía.

La abuela dijo que debían cenar. Calentó macarrones con pollo y los comieron con unas arepas preparadas por ella.

Estaba muy sabroso. Luego pasaron a la sala y comenzaron a hacer las tareas. Tito tenía unas historietas debajo de uno de los cojines. Hicieron parte de las tareas, y luego comenzaron a mirar las historietas.

—Tú no puedes dirigir a los Escorpiones —dijo Tito—. Tienen muchachos de catorce y de quince años. Son mayores y duros. No van a escuchar a un chico.

—No lo sé. Mama hablaba de conseguir un empleo adicional para el dinero de la apelación.

—¿Dos mil dólares?

—Ella sólo mencionó quinientos, o algo así.

—Si pudiéramos acarrear los paquetes en el supermercado, podríamos conseguir cinco o siete dólares por día —Tito escribió cinco y siete en el extremo de una de las historietas—. Serían doce dólares si tú ganas siete y yo cinco. O sea, doce dólares por día. ¿Cuántos días tendremos que trabajar para ganar quinientos dólares?

—¿Quieres decir que trabajaríamos también sábados y domingos?

—Sí.

—Habría que dividir quinientos por doce. No da un número exacto.

—¿Cómo lo sabes?

—Porque las últimas cifras son diferentes.

Jamal calculó cuántos días les tomaría y el resultado era cuarenta y un días.

La abuela entró con galletas servidas en pequeños platos. Le preguntó a Jamal si sabía tocar la guitarra, y él respondió que no sabía. La abuela era del mismo color de Tito, y tenía los ojos igual de oscuros, pero no se parecían a los de él. Los ojos de la abuela tenían arrugas en los párpados y lucían viejos. Siempre parecía contenta, pero no sonreía. Para Jamal era como si la anciana tuviese mil cosas que hacer, pero nunca tiempo suficiente para realizarlas todas. Jamal tomó el plato de galletas y agradeció a la abuela.

—No es demasiado tiempo —dijo Tito una vez que hubo salido la abuela.

—Es un poco más, pero es más o menos el tiempo que tomaría. Podríamos hacerlo —dijo Jamal—. De todas maneras, los procesos se realizan con mucha lentitud. Randy sólo tenía diecisiete años cuando cometió el asalto, y para el momento del juicio ya tenía dieciocho.

—Creo que es mejor que mezclarse con los Escorpiones —dijo Tito.

—Tengo que verificar cuánto dinero es preciso obtener para la apelación.

—¿Y cómo lo harás?

—Llamaré al abogado. Una vez tuve que hacerlo, pues era preciso averiguar la dirección de la sala de audiencias.

—Durante los fines de semana podríamos ganar más, y así tomaría menos tiempo —dijo Tito—. Imagínate que tengamos suerte y carguemos un mercado bien pesado para una señora rica. Entonces ella nos dirá: «Oh, tomen cien dólares para cada uno».

—No, imagínate que diga que su esposo es abogado y que hará la apelación si cargamos siempre su mercado.

—Eso podría suceder —dijo Tito.

—Sí, pero ¿sabes dónde tendría que suceder? En una de aquellas tiendas grandes del centro.

La abuela entró de nuevo; esta vez traía leche, y llamó a Tito «Tito gordito».

—¿Quieres que terminemos las tareas ahora?

—No.

—Ves, por eso no puedo terminar mis tareas —dijo Jamal—. Debemos hacerlo, pero tú no quieres.

—¿Quieres que las terminemos ahora?

—Eras tú quien no quería terminarlas —respondió Jamal.

—Está bien, le diré a la profesora — si me pregunta, porque la mayoría de las veces no lo hace — que un ladrón loco me robó mis tareas.

—Y ¿para qué querría un ladrón tus tareas? —preguntó Jamal—. Eso no tiene sentido.

—Ves, por eso dije que estaba loco. Ambos se echaron a reír.

—Debo marcharme —dijo Jamal—. Pero tu abuela tiene razón. Te estás engordando como una chica.

—No estoy tan gordo.

—Te estás engordando un poco.

—Jamal, creo que no debes jugar con una pistola, amigo —dijo Tito—. Cuando pienso en eso, me entristezco.

—¿Cómo les diría a los Escorpiones qué deben hacer?

—No lo sé —dijo Tito—. Randy disparó a alguien y lo mató. Quizás crean que tú harás lo mismo.

—Adivina con quién me encontré ayer.

—¿Con quién?

—Con Mack.

—¿Dónde lo viste? —Mama dejó el trapo de secar y se volvió hacia Jamal.

—Cerca de Saint Nicholas.

—Y ¿qué hacías allí?

—Sólo paseaba por ahí.

—Sólo paseabas, ¡no te lo creo! ¿Crees que nací ayer?

—No, señora.

—No quiero que te acerques a ese muchacho, ¿me entiendes, Jamal Hicks?

—Sí, señora.

—Y no quiero oír mencionar su nombre en esta casa. Si Randy no hubiera estado callejeando con ese débil mental... Tú sabes que él no está bien, ¿verdad?

—No se porta bien.

—Y entonces, ¿para qué lo buscas?

—Te dije que sólo me había encontrado con él.

—No me contestes así.

Sassy salió de su habitación y se sentó a la mesa.

—¿Qué deseas, Sassy?

—Tú dijiste que no debiera haber secretos en la familia, Mama.

—Está bien, Sassy, puedes permanecer aquí, pero no abras la boca.

—Yo no iba a decir nada —dijo Sassy—. El puede pasar su tiempo con todos los rufianes si lo desea, por lo que a mí respecta.

—Sassy, ¡ve a tu habitación!

—Mama, lo único que dije era...

—Muchacha, si me quito el zapato, ¡desearás no tener tu parte trasera en esta habitación!

Sassy lanzó una mirada a Jamal y se marchó.

Mama regresó a la cocina. Había pasado cerca de una hora lavando las verduras, cortando el tocino y cociendo trocitos de cerdo en vinagre y agua.

Jamal no dijo nada más sobre Mack. Lo que deseaba era pedirle a Mama la tarjeta del abogado para poder hablar con él y preguntarle cuánto costaría apelar. Iniciar el proceso había costado casi setecientos dólares. Randy no deseaba tener un abogado de oficio.

Se escuchaban canciones evangélicas en un radio del edificio.

—Están tocando música evangélica en la radio —dijo Jamal—. ¿Quieres escuchar?

Mama miró a Jamal, luego volvió la mirada de nuevo a las legumbres. Tomó el radio, lo encendió y comenzó a buscar la música evangélica. Después de un momento la encontró, se apartó unos pasos del radio con forro imitación cuero; se volvió de nuevo y lo apagó.

—¿Qué dijo Mack? —preguntó.

—Casi nada.

—Muchacho, tú sabes que esto es como una puñalada en el corazón para mí. No juegues conmigo porque no puedo soportarlo. Dios es testigo de que no *necesito* que jueguen conmigo.

—Dijo que el abogado lo había llamado por teléfono; necesitaba dinero para la apelación. Pero dijo que eran dos mil dólares.

—¿Qué clase de abogado lo llamaría a él?

—Eso fue lo que dijo.

—¿Dos mil dólares?

—Yo había pensado llamar al abogado y preguntárselo.

Mama comenzó a canturrear para sí. Jamal sabía que estaba muy concentrada cuando canturreaba de esa manera.

—No entiendo por qué Randy te dijo que eran quinientos dólares y el abogado le dijo a Mack que eran dos mil.

—Un día son quinientos dólares, al día siguiente mil, y luego dos mil —dijo Mama suspirando—. Saben que uno ama a esos chicos y que hará lo que pueda. ¿Qué más dijo Mack?

—Nada.

—¿Jamal?

—¿Para qué querría yo hablarle? —preguntó Jamal.

—Tienes que recordar que ese muchacho nunca recibió ninguna educación y que no vale cinco centavos. Y lo que le agrada a Dios es la verdad.

—¿Quieres llamar al abogado?

—Estoy pensando en pedir el dinero en préstamo al señor Stanton —dijo Mama.

Jamal se volvió. La última vez que Mama había pedido dinero prestado al señor Stanton, para pagar al abogado de Randy y comprarle un traje nuevo para lucirlo en el juicio, tuvo que trabajar casi seis meses de balde para saldar la deuda.

—Yo podría conseguir un empleo en las tardes —dijo Jamal.

—Si deseas llamar al abogado, hazlo —dijo Mama.

—¿Dónde está la tarjeta?

Mama trajo la tarjeta de la alacena. Jamal la miró y comenzó a marcar el número. Cuando terminó, Mama tomó el auricular. Golpeaba el suelo con el pie y canturreaba mientras esperaba que le respondieran.

—Quisiera hablar con el señor Addison, por favor —dijo—. Es acerca del caso de Randy Hicks. ¿Señor Addison? —continuó—. Habla con la señora Hicks. Quisiera averiguar acerca de mi hijo Randy.

63

Mama asentía mientras escuchaba. Detrás de ella, Sassy colocaba el agua para el té.

—No, él ya fue juzgado —dijo Mama—. Recibió una condena entre quince años y toda la vida. Es alto y moreno... —Mama escuchaba de nuevo—. Dicen que le disparó a un hombre —la voz de Mama bajó. Escuchó de nuevo—. Eso es, eso es. Es él. Dijo que usted podría conseguir una apelación por quinientos dólares, y...

Mama le indicó a Sassy que necesitaba algo para escribir. Sassy trajo un esferográfico y una hoja de papel.

—Comprendo... comprendo... ¿Y llevarle a usted el dinero?

Mama asintió de nuevo y luego colgó el teléfono.

—¿Qué dijo? —preguntó Jamal, mirando con atención el rostro de su madre.

—Dice que no sabe si la obtendrá, pero puede apelar. Costará cerca de dos mil dólares, pero está dispuesto a iniciar con quinientos.

—Pensé que Randy tenía derecho a un abogado gratuitamente —dijo Sassy.

—El señor Addison dijo que podría hacerlo si lo deseaba, pero no parece confiar mucho en esto —dijo Mama—. Y ¿cómo podemos decirle que no, si él afirma que podría liberar a Randy?

—Dos mil dólares es mucho dinero —dijo Sassy.

—Los abogados también necesitan ganar dinero —respondió Mama.

—¿Qué vas a hacer? —preguntó Jamal.

—Debo intentar reunir el dinero —dijo Mama. Sus ojos brillaban y Jamal pensó que se echaría a llorar—. Jamal, ¿te importaría preparar unas hamburguesas para ti y para Sassy?

—Es demasiado para ti, Mama —dijo Sassy. Jamal nunca había visto a Sassy llorar tan pronto por nada—. Es demasiado pesado.

—Un día —los ojos de Mama se tornaron ensoñadores— caminaba por el centro con Randy en los brazos. Esperaba que cambiara el semáforo, cuando una señora se detuvo y lo miró. La miré, vi que sonreía, y yo también lo hice; fue la sensación más agradable del mundo. Cuando tienes un bebé esperas tanto para él...

—Prepararé las hamburguesas —dijo Jamal.

Mama entró en su habitación; Jamal podía escuchar los resortes de la cama crujiendo bajo su peso. Ese era el resultado de la situación con Randy — estaba fatigada, sólo quería ir a la cama y dormir.

—Espero que Randy salga pronto —dijo Sassy.

—Yo espero que no salga nunca —dijo Jamal.

—Le diré a Mama lo que has dicho.

—No se lo digas.

—Se lo diré.

—Si lo haces, te daré un puñetazo en la cara.

—Le diré también eso —dijo Sassy—. ¡Mama!

—Anda —dijo Jamal—, hazla sentir peor. A ti no te importa.

—¿Qué quieres, Sassy? —la voz de Mama se escuchó en la habitación contigua.

—No quiere nada —dijo Jamal, agitando el dedo frente al rostro de Sassy.

—¡No me digas lo que yo quiero! —la voz de Sassy se elevó. Jamal escuchó de nuevo los resortes de la cama al levantarse Mama.

—¿No pueden dejar de pelearse un minuto? —Mama se encontraba en el umbral de la puerta. Sin zapatos no era mucho más alta que Jamal.

—Jamal dijo que deseaba que Randy no saliera nunca de prisión.

—¡Jamal! ¿Cómo puedes decir algo así? —la voz de Mama se quebró y su rostro estaba tan tenso que enseñaba los dientes—. ¿Cómo pudiste decir eso?

Las lagrimas corrían por sus mejillas y Jamal se volvió para no verlas.

—Lo siento —dijo.

—¡Dios mío! —exclamó Mama—. Dios mío, ¿a dónde ha llegado esta familia?

Jamal levantó la vista cuando Mama regresó a la habitación.

—Ya no eres tan fuerte, ¿verdad? —dijo Sassy.

Jamal la miró.

—Al menos no hice llorar a Mama —dijo.

Entró en el baño y cerró la puerta. Se sentó en el inodoro.

Era cierto. No deseaba ver a Randy nunca más. Randy siempre hacía llorar a Mama. Todo lo que su hermano hacía le parecía mal. Y Randy ni siquiera sabía cómo se sentía Mama. O quizás no le importaba — Jamal no lo sabía. Ya una vez había tenido problemas con la policía y Mama había tenido que ir al juzgado y perder un día de trabajo por su causa.

Y ¿que había dicho Randy al regresar a casa? Alguna tontería acerca de cuán listo era y cómo había engañado a la policía. Mama había llorado toda la noche cuando habían llevado a Randy al reformatorio en New Jersey, y había tenido que pedir dinero prestado para sacarlo de allí.

Jamal tomó un poco de papel higiénico para secarse las lágrimas.

Este lío había sido el peor, pensó. Si Randy salía de nuevo, se metería otra vez en problemas. Jamal lo sabía.

—¿Jamal? —era la voz de Sassy.

—Vete de aquí.

—Necesito ir al baño.

Jamal pensó en ignorarla, pero luego supuso que iría a molestar de nuevo a Mama. Se levantó, se abrochó el pantalón y abrió la puerta.

Sassy estaba en el pasillo.

—Lo siento.

—¡Cállate!

—Tú eres quien...

Jamal calló a Sassy con una mirada. Ella entró en el baño y cerró la puerta.

Jamal se lavó las manos y se dirigió al refrigerador. Había tres hamburguesas apiladas al lado de la leche. Miró hacia la puerta de Mama. Supuso que no comería nada. Sacó una hamburguesa para Sassy El tampoco tenía apetito.

CAPITULO VI

—Te apuesto a que llego al segundo piso antes que tú —Oswaldo Vásquez estaba en lo alto de las escaleras y Jamal ya había bajado la mitad. Sabía lo que haría Ozzie. Saltaría el primer tramo y luego el segundo mientras Jamal corría.

—¡Está bien! —dijo Jamal.

Ozzie y Jamal saltaron al mismo tiempo. Jamal perdió un poco el equilibrio, pero llegó al segundo piso al tiempo con Ozzie. Ambos saltaron de nuevo y aterrizaron juntos a los pies del señor Davidson...

Había un retrato de George Washington sobre el escritorio de la señorita O'Connell, y uno de Martin Luther King sobre el escritorio de la señora Rose. Jamal y Ozzie habían estado sentados en la oficina del director toda la mañana, con las manos cruzadas sobre el regazo.

Jamal miró los retratos y se preguntó por qué el de George Washington estaba sin terminar.

A las once de la mañana, el señor Davidson los llamó a su oficina.

—Oswaldo, tienes una hoja de vida más o menos decente —el señor Davidson sostenía un archivador en la mano—. ¿Por qué andas con alguien como Hicks?

Ozzie se encogió de hombros y miró sus zapatos.

—¡Te haré dos advertencias, Oswaldo —dijo el señor Davidson—. La primera es que si recibo otra queja tuya este semestre, especialmente por pelear en los pasillos, te verás en problemas. ¿Me comprendes?

—Sí señor —respondió Oswaldo en voz baja.

—La segunda advertencia es que si continúas buscando como amigos a personas como Jamal Hicks, te verás en problemas aun cuando no lo desees. ¿Me comprendes?

—Sí señor.

—Ahora puedes retirarte.

Oswaldo se levantó rápidamente y salió sin mirar a Jamal.

—No te haré ninguna advertencia pues no creo que te sirva de nada —dijo el señor Davidson a Jamal—. Continúa haciendo lo que quieras. Tarde o temprano harás algo que me per-

70

mitirá expulsarte de la escuela. Tú lo sabes y yo también. Regresa a tu salón.

Estaban recogiendo las tareas cuando Jamal entró, y entregó la suya. Luego comenzaron a hablar acerca de cómo el gobierno estaba dividido en tres partes. El profesor preguntó a Jamal cuál era la tercera, después de que Tamia Davis había dicho que las otras dos eran la Corte Suprema y el Congreso.

—El Ejecutivo —respondió Jamal.

Dwayne rompió a reír.

—Es el presidente, estúpido —dijo.

—Jamal tiene razón. Es la rama ejecutiva, encabezada por el presidente.

Jamal miró a Dwayne. Dwayne continuaba riendo. Aun cuando el profesor había dicho que Jamal tenía razón, Dwayne se comportaba como si estuviera equivocado.

La clase prosiguió. Dwayne continuaba mirando hacia atrás, a Jamal, y riendo. Billy también comenzó a reír. La única manera de tratar a alguien tan estúpido como Dwayne, pensó Jamal, era a trompadas. Dwayne siempre se creía muy fuerte; pensaba que Jamal le temía, pero no era cierto. No le temía a nadie.

Jamal aguardó en la esquina hasta que Tito apareció. Tito llevaba una de las camisas de Jamal.

—¿Por qué llevas mi camisa a la escuela? —preguntó Jamal.

—Esta no es tu camisa —dijo Tito—. Era tu camisa, pero ahora es mía pues la uso más que tú.

—No la uso porque tú no me la has devuelto —dijo Jamal mientras caminaban calle abajo.

—¿Debes ir directamente a casa? —preguntó Tito.

—Sí.

—Vamos al lugar de los botes.

—¿Hasta la calle setenta y nueve?

—Sí.

—Está bien.

Les tomó cerca de una hora llegar a la represa donde se hallaban los botes, pero valía la pena. Era mediados de octubre y pronto no habría ya muchos botes, sin embargo, todavía quedaban algunos.

Tito comenzó a toser. Jamal odiaba que Tito tosiera. Parecía tener algo en el pecho que intentaba expulsar en vano. Cuando tosía muy fuerte, sus ojos giraban y brillaban por el esfuerzo. Jamal colocó su brazo alrededor de los hombros de Tito.

Esta vez la tos no duró mucho, y pronto se encontraron caminando de nuevo por la alameda, eligiendo los botes como solían hacerlo siempre.

—¿Ves aquél? —Tito señalaba un pequeño bote con una orla negra y dorada.

—Sí.

—Será mi primer bote —dijo Tito—. Compraré uno exactamente igual a ése y más tarde, cuando tenga mucho dinero, compraré ese grande que está allá.

—¿Y qué harás con el pequeño? —Jamal se acodó sobre la balustrada.

—Quizás se lo regale a mi esposa o algo así —dijo Tito.

—¿Y si no eres casado?

—Entonces quizás se lo dé a un chico pobre.

—Yo compraré un bote grande primero —dijo Jamal.

—Primero debieras ahorrar dinero.

—Supón que haya una guerra o algo y comiencen a bombardearlo todo ¿Qué crees que bombardearán primero?

—No bombardearán los botes. De ninguna manera.

—Sí lo harán. Bombardearán todo lo que pertenece a los ricos.

—Quizás.

Un hombre que llevaba una chaqueta azul y una gorra blanca de marinero subió de la cubierta de uno de los botes. Tito codeó a Jamal. Ambos saludaron al hombre.

El hombre respondió a su saludo. Los chicos observaron cómo se movía por el bote verificando todo, y luego trepaba por la borda al embarcadero.

—Preguntémosle cuánto cuesta el bote —dijo Tito.

—No nos lo dirá.

—¿Tienes miedo?

Jamal dirigió una mirada a Tito y se retiró de la balustrada sobre la que se apoyaban. Tito no lo alcanzó. Jamal sabía que era a Tito a quien le desagradaba hablar con extraños. A él no le importaba.

—¿Cuánto cuesta su bote? —preguntó cuando alcanzó al hombre.

—Está pensando comprarlo, ¿verdad? —el hombre era más alto de lo que parecía cuando estaba en el bote. Tenía la nariz afilada, ojos azules grisáceos y una pequeña barba.

Jamal sonrió y miró hacia el bote.

—Sólo deseo saber cuánto le costó a usted.

—En realidad no es mío —respondió el hombre—. Pertenece a la compañía para la que trabajo, pero me permiten usarlo.

—¿Todas las personas que trabajan en esa compañía pueden usarlo cuando lo desean?

—No todas —respondió—. Pero yo sí.

—¿Cuánto costó? —preguntó Tito.

—Creo que cerca de ochenta y cinco mil dólares.

—Podría comprarme uno cuando consiga un empleo —dijo Jamal.

—Buena suerte —el hombre saludó tocando la visera de su gorra y se marchó.

—Eso es mucho dinero —dijo Tito—. Probablemente es una persona rica. Luce como si lo fuera.

—El no es tan rico —dijo Jamal—; trabaja para una compañía. Si tuviera dinero, tendría su propio bote.

—Su propio yate —dijo Tito.

—¿Sabes cómo se escribe yate?

—¿Cómo?

—Con «y». Lo vi en una de las lecturas.

—Creo que debemos regresar a casa —dijo Tito.

—¿Tienes asma?

—Un poco.

—¿Tienes dinero para tomar el metro?

—No. ¿Y tú?

—Yo tampoco.

Caminaron hacia la calle 72 con Broadway. Pensaban entrar subrepticiamente al metro, pero había dos policías cerca de la entrada. Uno de ellos era blanco, el otro negro.

—Mi amigo tiene asma —dijo Jamal—. ¿Podrían permitirnos subir al tren? No puede caminar hasta el otro lado de la ciudad.

—¡Salgan de aquí!

—No es preciso ser grosero —dijo Jamal al policía negro.

—¿Te crees muy listo?

El policía blanco golpeó ligeramente a Jamal con su bolillo. Jamal retiró el bolillo y miró con furia al policía.

Tito comenzó a toser de nuevo. Tomó a Jamal por el brazo y comenzó a jalarlo para alejarlo de los policías.

Jamal retiró bruscamente el brazo.

—¿Ven que tiene asma? —dijo Jamal.

—¡Salgan de aquí! —el policía blanco agitó la mano en dirección a la puerta y Jamal tomó el brazo de Tito y le ayudó a pasar.

Tito tosió mucho durante el camino a casa. Una mujer le dio un paquete de pañuelos faciales.

—¿Sabes qué podríamos hacer si tuviéramos dinero? —preguntó Jamal—. Podríamos ir a vivir a un lugar más caliente, y quizás allí mejorarías de tu asma.

—Podríamos vivir en Puerto Rico —dijo Tito.

—Podríamos conseguir un bote y navegar hasta Puerto Rico.

—Si tuviéramos dos, podríamos apostar una carrera.

—¿Por qué? —respondió Jamal—. Tú comprarás ese bote pequeño y yo el grande; sabes que ganaré.

—Sí, lo olvidé —dijo Tito.

CAPITULO VII

Mamá se había quemado la mano en la mañana. Sassy se preparaba para ir a la escuela cuando abrió su maleta y todos sus lápices cayeron al suelo. Comenzaron a rodar y algunos terminaron debajo de la mesa de la plancha. Mama estaba planchando una camisa de Jamal.

—¿Qué haces, niña? —gritó Mama mientras Sassy gateaba por el suelo buscando los lápices.

Jamal observó cómo sucedía todo como una película. A veces veía las cosas así.

Primero Mama comenzó a mirar sobre la mesa de la plancha, para ver dónde se encontraba Sassy. Luego golpeó la cuerda de la plancha con el brazo y la plancha cayó. No iba a caer al suelo, pero Mama la agarró de todas maneras. La tomó con la mano y la movió del borde de la mesa.

—Sassy, ¡muévete!

—¡Sólo estoy recogiendo mis lápices! —dijo Sassy.

Pero Jamal ya había visto cómo Mama retiraba rápidamente la mano de la plancha.

—¿Te encuentras bien, Mama?

Mama enderezó la plancha con la otra mano y agarró la manija.

—¿Qué sucede? —Sassy se incorporó.

Mama sacudía la mano. Luego, cuando vio que Sassy no iba a quemarse, se dirigió al lavaplatos y dejó correr agua fría sobre la quemadura. Jamal no miró la mano de Mama. Miró su rostro.

Sus dientes estaban fuertemente apretados y tenía los ojos cerrados.

—¿Mama? —Sassy volvió la cabeza hacia un lado para poder ver el rostro de Mama también.

—No es nada, cariño —dijo Mama—. Márchense a la escuela o llegarán tarde.

Jamal no dijo nada. Se puso la camisa rápidamente, para que Mama no intentara terminar de plancharla. De todas maneras se veía bien así.

Dwayne comenzó una pelea en la escuela. Primero Myrna se metió en problemas por hacer una bomba de chicle en el aula. Myrna siempre hacía cosas así y nunca la pillaban, pero esta vez la señora Rich la había visto.

Luego Myrna comenzó a decir estupideces acerca de la señora Rich, acerca de su cabello tan corto y cosas así. Luego comenzó Dwayne. Nadie le prestó atención. Luego se dirigió a Jamal.

—¿Cómo es que tu camisa está planchada por delante y arrugada por detrás? —preguntó, asegurándose de que todos pudieran escucharlo.

—¿Cómo es que tu cara está toda arrugada? —preguntó Jamal.

Dwayne lo pateó desde la otra hilera. Jamal aguardó a que la señora Rich se acercara al tablero, y luego pateó a Dwayne tan duro como pudo en la parte de atrás de la pierna.

—Te romperé la cara, ¡idiota! —Dwayne se levantó.

—¡Siéntate! —la voz de la señora Rich atravesó el salón.

—¡Me pateó! —exclamó Dwayne.

—No lo pateé.

—Te las verás conmigo afuera —Dwayne regresó a su lugar. Asentía con la cabeza y luego comenzó a golpear la palma de su mano con el puño.

Jamal no le temía a Dwayne. Ya había peleado con él una vez. Todos dijeron que Dwayne había ganado porque Jamal tenía el labio partido. Pero Jamal lo había golpeado dos veces en el rostro y había sido Dwayne, aun cuando era mucho más grande que Jamal, quien había abandonado primero la pelea.

En clase de ciencias vieron una película. Era

acerca de la contaminación del agua. Una parte mostraba pájaros cubiertos de aceite sobre una playa. El aceite era tan espeso que los pájaros no podían volar.

—¡Esa es la madre de Jamal! —se escuchó la voz de Dwayne desde la parte de atrás del salón.

Jamal no tenía deseos de pelear.

—Vamos —dijo Tito.

—No me acobardaré.

—Es más grande que tú.

—No me importa.

Dwayne venía calle abajo acompañado de Billy Ware, Myrna y Ralph Williams. Jamal le entregó sus libros a Tito y luego se cruzó de brazos frente a él.

—¡Pelea! —gritó Myrna, y algunos chicos atravesaron la calle.

—¿Por qué me pateaste? ¡Idiota! —Dwayne se acercó lo más posible a Jamal.

—¡Porque quise! —respondió Jamal.

Dwayne empujó a Jamal, y Jamal a él. Luego Dwayne pateó a Jamal justo debajo de la rodilla.

El dolor fue súbito y Jamal se inclinó a tocarse la rodilla. Dwayne le pegó en la parte de atrás de la cabeza y Jamal rodeó a Dwayne por la cintura. Intentó sostener a Dwayne y patearle las piernas, pero no podía alcanzarlas. Luego se lanzó hacia adelante, obligando a Dwayne a retroceder cada vez más rápido hasta que se detuvieron. Jamal pudo ver que habían caído contra un automóvil.

Dwayne intentó hacer volver a Jamal para empujarlo contra el automóvil. Jamal agarró la pierna de Dwayne y la levantó, lanzándose de nuevo hacia adelante. Dwayne se deslizó contra el automóvil y cayó.

En el suelo, Jamal soltó a Dwayne y comenzó a golpearlo. Dwayne le pegó en el rostro dos veces y él le devolvió el golpe. Estaban en el suelo golpeándose y Dwayne intentaba patearlo cuando dos hombres los separaron.

—¿No tienen algo mejor que hacer que rasgar su ropa?

Ambos eran carteros. Jamal miró su camisa y vio que estaba rota.

—Oye, Dwayne —gritó Myrna—, tienes boñiga en el pantalón.

Dwayne miró su pantalón y se volvió hacia Jamal cuando vio cómo estaba:

—¡Mañana te golpearé de nuevo! —dijo.

—¡Tú te vas por allí! —uno de los carteros señaló hacia la calle y empujó a Dwayne en esa dirección—. ¡Y tú hacia el otro lado!

—¿Te encuentras bien? —Tito estaba aguardando a Jamal.

—Sí —respondió—. Oye, préstame tu suéter para que Mama no vea que rasgué la camisa.

Tito se lo dio.

—Creo que ganaste la pelea —dijo Tito—. No pega tan duro, ¿verdad?

—Pega bastante duro, pero yo también lo golpeé.

—Y fue él quien se ensució.

—Me hubiera gustado que hubiera sido en la cara.

—¿Qué harás si comienza de nuevo mañana?

—Pelear con él.

Mama no estaba en casa. Sassy se encontraba en su habitación, y Jamal se dirigió directamente al baño. Se quitó la camisa y la miró. Dwayne había roto el bolsillo y había rasgado la camisa por todo el frente. Su rostro ardía y tenía un moretón en el hombro que no había observado antes.

—Jamal, ¿estás ahí?

—¡Sí!

—¡Sal!

—¿Por qué?

—Necesito ir al baño.

—¡Cállate!

—¡Sal! ¡Necesito ir al baño!

Jamal abrió la puerta y salió.

—¿Qué te ocurrió? —preguntó Sassy.

—Nada.

—No me digas que nada.

—Creía que necesitabas el baño.

—Ya no lo necesito.

—¿Dónde está Mama?

—Fue a trabajar donde el señor Stanton —dijo Sassy.

—¿Cómo está su mano?

—Terrible. Colocó un poco de tocino sobre ella y luego la vendó.

Sassy comenzó a hacer sus tareas sobre la mesa de la cocina. Jamal se dirigió a la habitación de Sassy y abrió la alacena. Buscó allí hasta que encontró las antiguas chaquetas de los Escorpiones de Randy. Había dos: una era más grande que la otra. Jamal se probó la más pequeña. Todavía era un poco grande para él, pero no mucho.

Todos estaban comentando la pelea cuando Jamal llegó a la escuela al día siguiente. Dwayne había llegado primero y relataba a los demás cómo había golpeado a Jamal.

—Me parece que luce bien —dijo Myrna cuando vio a Jamal.

Oswaldo Vásquez dijo que la pelea había sido igual para ambos chicos, y los amigos de Jamal asintieron. Los amigos de Dwayne afirmaban que éste había ganado.

Jamal no creía que la pelea hubiera sido igual. Pensaba que probablemente había perdido, pero no le importaba. Sabía que no podía dar lo mejor de sí mismo cuando pensaba en Mama y en cómo saldría Randy de la cárcel, y cosas así. Algunas de las chicas comenzaron a reír y a señalarlo, pero no les prestó atención.

—Tenemos que arreglar este problema —dijo Dwayne al comenzar la clase de matemáticas—. ¿Vas a acobardarte?

—Allá estaré —respondió Jamal—. Acuérdate de traer tu trasero para que pueda patearlo de nuevo.

Dwayne lo había interpelado enfrente a todos como si estuviera en una película, o algo así, pensó Jamal. Se portaba como un vaquero. Jamal se dijo que esta vez la pelea sería diferente. Intentaría rasgar la camisa de Dwayne, y luego, en lugar de agarrarlo por la cintura, le golpearía el rostro inmediatamente.

—Hoy estudiaremos los decimales —decía la señora Rich—. ¿Quién puede decirme de dónde viene la palabra «decimal»?

La noche anterior, Mama había regresado a casa casi a las diez y media. Jamal y Sassy estaban preocupados. Sassy no se había quedado dormida, como solía hacerlo. Cuando llegó Mama, traía un pollo asado y papas fritas.

—¿Por qué tardaste tanto? —preguntó Sassy.

—El señor Stanton me permitió trabajar hasta las nueve y cuarto. Trabajaba tan despacio por lo de la mano, que si hubiera salido a las cinco y media, no hubiera ganado nada.

—¿Te duele mucho? —preguntó Jamal.

—No, está bien —respondió Mama—. Retiraré el vendaje y la dejaré al aire. Amanecerá bien.

Jamal miró a Sassy. Había sido culpa de ella,

por tirar sus estúpidos lápices al suelo. Sassy le había devuelto la mirada.

—Jamal, ¿crees que algún día podrás poner atención a lo que estoy diciendo? —preguntó la señora Rich.

—Sí señora.

—Entonces, puedes, por favor, decirme ¿a qué número decimal corresponde la fracción cinco décimos?

—No señora.

El día parecía interminable. Vio a Tito en el pasillo, y Tito dijo que había cambiado de idea acerca de los botes. Ahora él también compraría el barco grande primero.

—Es demasiado tarde —dijo Jamal—. Ya dijiste que comprarías el pequeño.

—Compraré uno como el del señor con quien hablamos —dijo Tito.

—Yo compraré uno más grande —dijo Jamal—; así llegaré antes que tú a Puerto Rico.

—No si mi padre viaja conmigo —respondió Tito—. El sabe cómo llegar a Puerto Rico.

—Entonces puede conseguir un mapa para mí.

—El no necesita mapa.

—¿Me esperarás a la salida?

—Sí.

Jamal olvidó la pelea con Dwayne hasta la última hora, cuando éste comenzó a importunarlo de nuevo. Le dio un empellón cuando entraban al salón.

—Dwayne, ¿cuál es el problema? —preguntó la profesora.

—No tengo ningún problema —Dwayne tenía una gran sonrisa y miraba a su alrededor.

—Creo que lo tienes —la señora Mitchell era alta, de ojos azules grisáceos—. Y permanecerás después de terminadas las clases para que lo soluciones.

—No puedo quedarme esta tarde —dijo Dwayne—. Debo hacer algo.

Miró a Jamal y algunos chicos comenzaron a reír.

—Te quedarás —dijo la señora Mitchell.

Durante la clase, Dwayne murmuró algo a Billy, y Jamal vio a éste escribiendo una nota. La puso en el pupitre de Jamal, pero él no la tomó.

Cuando la profesora salió a buscar unos papeles, Billy se volvió hacia Jamal:

—Dwayne quiere saber si lo esperarás afuera.

—¿O escaparás como un cobarde? —preguntó Dwayne.

—Iré a tu casa a ver a tu madre —respondió Jamal.

Dwayne tiró su cuaderno a Jamal. Las páginas volaban por el aire cuando entró la señora Mitchell.

—¿Dwayne, fuiste tú quien tiró ese cuaderno?

—Sólo quería entregárselo a...

—¡Cierra la boca! —la señora Mitchell hizo callar a Dwayne.

Jamal se dirigió a la esquina cuando terminaron las clases. Sabía que Dwayne tendría que permanecer en la escuela al menos hasta las tres y media. No sabía si lo esperaría o no. Deseaba que algunos chicos lo vieran allí, para que no dijeran que se había acobardado.

—¡Hola, Jamal!

Jamal vio a Mack.

—¿Qué sucede?

—Vamos a caminar un poco. Tengo algo para ti —dijo Mack.

—Debo esperar a Tito.

—Yo debo ir a la calle siguiente —dijo Mack—. No debo acercarme a la escuela. Te veré en la próxima esquina.

—¿Cómo sabías que ésa era mi escuela? —preguntó Jamal.

—Randy y yo hicimos alguna vez un trabajo cerca de aquí —dijo Mack—. Fue él quien me lo dijo.

Mack prosiguió su camino y Jamal se reclinó contra un poste. Sobre el poste había un letrero amarillo: «Cuidado, niños en la vía».

—¿Estás aguardando a Dwayne? —Billy llevaba sus libros en un bolso nuevo.

—Lárgate.

—Sólo te hice una pregunta —dijo Billy.

Jamal se apartó del poste y Billy comenzó a caminar.

Jamal pensaba que Mack lo esperaría en la próxima esquina. Mack le producía una mala impresión, realmente mala. Lanzó una mirada hacia la escuela. Creyó que Dwayne estaría allí, observándolo, pero no estaba.

Llegó Tito.

—Oye, supe que pelearías de nuevo con Dwayne.

—Comenzó a importunarme otra vez.

—¿Estás esperándolo?

Jamal se encogió de hombros.

—¿Quieres que te ayude en la pelea?

—No. Tengo que irme. Mack me espera en la próxima esquina.

—¿Quién? —preguntó Tito mientras se encaminaban calle abajo. La mayoría de los chicos de la escuela se habían marchado. Nadie debía permanecer frente a la escuela después de las tres, pero algunos todavía se encontraban allí.

—Ese tipo que vimos en el centro.

—Ah.

Jamal miró a Tito.

—¿Por qué dijiste «ah» de esa manera?

—¿Cómo?

—No sé... —respondió Jamal.

—Siempre lo digo de esa manera.

Mack se encontraba en la esquina; indicó a Jamal y a Tito que lo siguieran. Lo siguieron calle abajo a cierta distancia hasta que se detuvo y entró en un edificio.

—¿Qué desea? —preguntó Tito.

—No lo sé. Probablemente algo relacionado con los Escorpiones.

—No puedes ser un Escorpión —dijo Tito sacudiendo la cabeza.

—¿Por qué no?

—Porque te meterás en problemas —dijo Tito—. Es lo que yo pienso.

—Si me uno a los Escorpiones, ¿quieres ser uno de los nuestros?

—¿Qué debo hacer si deseo unirme al grupo?

—Yo te admitiré.

—Está bien.

—Pensé que habías dicho que no debía ser un Escorpión —dijo Jamal sonriendo.

—No creo que debas serlo —dijo Tito—. Pero si entro contigo, quizás consigamos que hagan cosas buenas.

—Y podemos cuidar el uno del otro —dijo Jamal.

El edificio en el que había entrado Mack era viejo. La caja del correo que se hallaba en el pequeño pasillo estaba agujereada y la pintura se caía de las paredes.

—Hoy hay una reunión de los Escorpiones —dijo Mack. Jamal no había notado antes que el aliento de Mack olía a vino.

—¿Y con qué motivo?

—Les dije que tú serías el jefe de la pandilla —dijo Mack—. Desean conocerte.

—¿Qué dijeron cuando les anunciaste eso?

—Dijeron que deseaban elegir un nuevo jefe, pero les dije que Randy quería que tú fueras el nuevo jefe. Si no te aceptan, tendrán que vérselas conmigo —dijo Mack.

—¿Qué debo hacer para pertenecer a la pandilla? —preguntó Tito.

—Si Jamal desea admitirte, estás admitido —respondió Mack.

Dos chicas bajaban por las escaleras; se detuvieron al verlos y regresaron arriba de nuevo.

—Ahora debemos ir a la casa donde se celebran las reuniones para que puedan verte —dijo Mack.

—Bueno, está bien. ¿Vienes, Tito?

—Sí.

—Randy dice que debo ser tu comandante; si hay una pelea o algo, puedo protegerte —dijo Mack.

—Está bien.

Todos se estrecharon las manos.

—Vamos —dijo Mack—. A propósito, aquí está lo que te prometí. Ponla en tu cinturón.

Jamal tomó la brillante pistola y se la colocó al cinto.

CAPITULO VIII

Mack era el único que hablaba mientras se dirigían al lugar de la reunión. Cuando cruzaron frente a algunas tiendas en la calle 125, Jamal vio su reflejo en las vitrinas. Tito lo miraba, y Jamal sabía que su amigo estaba pensando en el arma. El también estaba pensando en ella. La sentía pesada en su cinturón y la tocaba a menudo.

Sus piernas estaban rígidas. Sentía como si la pistola fuera a hacer algo — caerse, o dispararse sola.

Los Escorpiones usaban una antigua estación de bomberos situada detrás del parque Marcus Garvey como base. La estación había sido clausurada y cerrada con cadenas, pero había una ventana en la parte de atrás a la que se podía acceder por una pequeña escalera. Sobre la ventana había un dibujo que representaba un pequeño escudo de oro, con un escorpión negro en el centro.

Mack tomó la delantera, y Tito y Jamal lo siguieron.

Los Escorpiones habían traído un pequeño televisor y algunas sillas de madera. Estaban mirando una película de kung fu. No dijeron nada cuando los vieron entrar.

Jamal reconocía a la mayoría de los Escorpiones.

—¿De qué se trata? —Mack encontró una silla y tomó asiento—. ¿Qué están mirando?

—Ese es el tipo que debía reemplazar a Bruce Lee —dijo un chico llamado Angel, y señaló al karateca en la pantalla—. Pero no es tan fuerte.

—Sí, sí —Mack se sentó sobre una caja.

—Jamal, ¿cómo estás? —Angel se dirigió a Jamal sin apartar la mirada del televisor.

—Todo está bien —respondió Jamal.

—¿Quién es tu amigo?

—Es Tito —Jamal indicó con la cabeza, luego se volvió hacia los Escorpiones—. Estos son Sangre, Terry, Indio y Angel. A él no lo conozco.

Tito saludó con la cabeza.

—Es Bobby Bienvenida —dijo Mack—. Es nuevo.

—Hemos estado conversando —Angel tenía el cuello grueso y los ojos separados. Jamal pensaba que si lo dibujara, se parecería a un caballo—. No estamos todos de acuerdo con que Jamal sea el jefe de los Escorpiones.

—¿No les gusta? —el tono de voz de Mack era amenazante.

—No dije que no me agradara —se elevó la voz de Angel—. Dije que todos estábamos inconformes y creo que debemos hablar al respecto.

—Sí, hablas demasiado —dijo Mack.

Jamal sintió la boca seca. Miró la televisión, donde un muchacho se entrenaba levantando pesadas piedras.

—Jamal es sólo un niño —dijo Indio.

—Es el hermano de Randy.

—Eso no significa nada —Sangre tomó un largo trago de gaseosa. Su garganta se movía al hacerlo.

—Debemos someterlo a votación —dijo Angel.

—¿Por quién votas? —preguntó Jamal.

—Voto por Indio.

—Randy todavía es el jefe de los Escorpiones —dijo Mack—. Jamal sólo será su reemplazo hasta cuando regrese.

—Para cuando regrese, serán mis hijos quienes pertenecerán a los Escorpiones —respondió Angel.

—No me gusta lo que dices —dijo Mack—. ¿Quieres una pelea o algo?

—Nadie pelearía contigo —dijo Indio. Miró de reojo a Mack—. Solamente estamos conversando.

—Jamal no tiene experiencia —prosiguió Angel—. No sabe cómo tratar a los traficantes. Si queremos conseguir dinero, es preciso que sepa cómo tratarlos.

—¿Le vas a contar estos líos a Randy cuando aprueben la apelación? —preguntó Mack.

—Yo lo haré si es preciso —Indio se puso de pie y abrió las piernas. Tenía el rostro delgado, y dos rajaduras por ojos.

—Te estoy cubriendo —dijo Angel.

Jamal no sabía qué debía hacer. Pensó entregarle la pistola a Mack. Se puso de pie, abrió su chaqueta y puso la mano sobre ella.

—¡Tiene un arma! —Sangre era pesado y de piel morena, con ojos claros. Le faltaba uno de los dientes delanteros.

Indio miró a Jamal y dio un paso atrás.

—¿Por qué crees que Randy desea que sea el jefe de los Escorpiones? —preguntó Mack—. Porque sabe que no se deja engañar con estas niñerías que han estado diciendo. Te pondrá a dormir más rápido de lo que lo hacía tu madre cuando eras pequeño.

—Sé que tiene el lugar, pero no sé si tendrá valor suficiente para asumirlo —dijo Indio.

—Déjalo —dijo Angel a Indio.

—¿Por qué habría de hacerlo?

—Su hermano ya mató a un hombre —dijo Angel—. Lo llevan en la sangre.

—¿Qué dices, Jamal? —preguntó Bobby.

—Randy desea que yo sea el jefe de los Escorpiones, y por eso estoy aquí.

—Algún día tendrás que arreglártelas solo —dijo Indio—. Y eres demasiado joven para soportar la tensión.

—No tendrá que arreglárselas solo, tonto —dijo Mack—. ¡Jamal y Mack son un equipo, y no hay vuelta de hoja! Pongan sus cartas sobre la mesa.

Indio miró a Jamal y luego apartó la mirada.

—Scotty dice que necesita ayuda mañana —dijo Sangre—. Necesita dos tipos. ¿Vamos?

—¿Qué dices, Jamal? —preguntó Mack—. Necesitamos el dinero.

—Sí.

—¿Quiénes irán?

—Indio y yo —dijo Sangre.

Mack miró a Indio.

—Sí, está bien. Pero recuerden que yo respaldo a Jamal.

—¿El también hará parte de los Escorpiones? —preguntó Angel señalando a Tito—. ¿Cuántos años tiene, seis?

—Será un Escorpión si yo lo digo —afirmó Jamal.

—¿Cuántos años tienes tú? —preguntó Mack a Angel.

—Catorce —respondió—. Todos tenemos catorce, quince o dieciséis. El tendrá a lo sumo doce, incluso once.

—No necesita tener catorce años para vender droga —dijo Indio—. Pero ser el jefe de los Escorpiones es otra cosa.

En la pantalla, una de las escuelas de karate luchaba contra otra.

Jamal tomó asiento y miró un rato. No miró a Tito. Si lo miraba, hubiera podido ver que estaba atemorizado y su propio temor afloraría. No quería ver el temor de Tito; tampoco su sonrisa. Estos tipos, Indio, Mack o Sangre, no eran muy amistosos.

Miraron el final de la película; luego Sangre dijo que debía marcharse. Mack también. Tito y Jamal se dispusieron a partir con él.

—Oye, Jamal —llamó Indio.

—¿Qué?

—No tengo nada contra ti —dijo Indio—. Sólo creo que eres un poco joven para dirigir a los Escorpiones.

—Sí.

Se separaron de Mack en la esquina de Morning, al frente de la iglesia Saint Joseph's. Apenas Mack cruzó la calle, Tito preguntó a Jamal si había sentido miedo.

—No, hombre.

—Sí, claro que sí.

—¿Parecía que tuviera miedo?

—No, pero sé que lo tenías —dijo Tito—. ¿Vas a ser el jefe de los Escorpiones?

—No lo sé.

—Temen a Mack —dijo Tito.

—Temen a Mack, y a mí también, si tengo la pistola.

—No me gusta esa pistola —dijo Tito mientras caminaban—. ¿Vas a conservarla?

—No lo sé.

—¿Alguna vez has disparado una pistola?

—¿Qué crees?

—¿Quieres ir a disparar?

—¿Dónde?

—Podemos ir a Central Park. Abajo, cerca del agua.

—¿Mañana después de la escuela?

—Sí.

—Está bien.

—¿Viste esos postes?

—¿Cuáles postes?

—Los postes de la estación donde estuvimos.

—¿Aquéllos por los que se deslizan los bomberos?

—Sí.

—Podemos ensayarlos.

—Yo podría ser un bombero —dijo Tito—. Salvaría muchas vidas.

Cuando Sassy se hallaba en el baño y Mama había salido a la tienda, Jamal escondió la pistola en el sofá. Levantó el cojín y la deslizó entre el asiento y el brazo.

Puso el cojín en su lugar justamente antes de que Sassy abriera la puerta.

—¿Mama te dijo que papá había venido?

—¿Estuvo aquí? —Jamal cambió de posición, intentando verse lo más natural posible—. ¿Qué ocurrió?

—Vino a preguntar si necesitaba dinero, o algo más —dijo Sassy—. Mama respondió que sí; él dijo que tenía un empleo y que traería dinero apenas le pagaran.

—Siempre dice lo mismo.

—Está muy flaco.

—¿A ti qué te dijo?

—Nada; sólo preguntó cómo estábamos y cosas así.

—¿Qué dijo acerca de mí?

—Dijo que debieras asear mejor este lugar.

—¿Eso dijo?

—Sí. Dijo que debes lavar los platos todos los días, pues debes asumir tu lugar como hombre de la casa.

Jamal sonrió. Sabía que su padre no había dicho eso.

—¿Te dijo que eras linda?

—Sí, lo mencionó una o dos veces. Quizás tres.

—¿Qué dijo acerca de Randy?

—Dijo que intentaría conseguir algún dinero para él. Parecía que estuviera muy conmovido por Randy.

—A él no le importa nada.

—Creo que sí.

—¿Por qué?

—Porque se comporta como si le importara —dijo Sassy—. Randy es hijo de él, lo mismo que tú.

—¿Cuánto tiempo permanecerá aquí?

—Regresará esta noche —dijo Sassy—. Dijo que traería unas hamburguesas.

—No me importa si regresa o no.

—Mama fingía no estar contenta de verlo, pero creo que lo estaba.

Jamal apenas podía recordar la época en que su padre vivía con ellos. Todo lo que recordaba eran aquellas pocas veces en que su padre lo había tomado bajo el brazo, y también a Sassy, y había corrido con ellos alrededor del parque del conjunto donde vivían antes. Más que aquellas ocasiones, sin embargo, recordaba cuando su padre había perdido el empleo y permanecía en casa. Al comienzo bebía cerveza todo el día; luego comenzó a tomar vino y a ser desagradable con Mama. Un día, Mama los arregló a Randy, a él y a Sassy y se marchó. Jamal recordaba haberle preguntado qué sucedía, y ella no había respondido. Su labio estaba inflamado y estaba llorando. Sassy lloraba también pues tenía un resfriado. Randy quería regresar porque había olvidado su pelota, y Mama le rogaba que se apresurara.

Habían ido a casa de una prima de Mama y habían dormido en el suelo aquella noche. Permanecieron allí algunos días, hasta que Mama consiguió otro apartamento.

Al principio, papá solía venir a menudo. La mayoría de las veces había estado bebiendo. Luego venía cada vez con menos frecuencia. Jamal sentía por su padre lo mismo que por Randy. Ambos se habían marchado, y cada uno se había llevado consigo una parte de Mama que no podían traer de nuevo.

—¿Puedo entrar en tu habitación?

—¿Vas a dibujar la ventana? —dijo Sassy.

—Sí.

—Por veinticinco centavos.

—No te daré veinticinco centavos.

—Entonces me quedaré con tu dibujo cuando lo hayas terminado.

A Jamal le agradaba dibujar el patio de atrás desde la ventana de la habitación de Sassy. Solía estar lleno de la basura que la gente botaba por las ventanas. Pero cuando el superintendente del edificio, un viejo chino que habitaba al lado, hizo un jardín, la gente decidió embellecer el patio. Le ofrecieron dinero al viejo para ayudarle a preservarlo, pero no lo recibió. Simplemente pasaba la mayor parte del tiempo, al menos cuando no se ocupaba del edificio, dedicado a cuidar del jardín.

Jamal comenzó a esbozar el pequeño jardín. Lo había hecho al menos treinta veces, y cada vez resultaba un poco mejor que la anterior.

En algunas ocasiones, cuando dibujaba, observaba las cosas cuidadosamente y se concentraba en el dibujo. Otras veces ni siquiera pensaba en éste. Era como si el lápiz actuara por sí mismo en tanto que él pensaba en otras cosas.

Ahora no pensaba en el jardín. Estaba pensando en los Escorpiones. Había sentido miedo. Tito lo sabía, y quizás los otros Escorpiones también. Jamal sabía que temían a Mack. Mack tenía dieciséis años y ya había estado dos veces en prisión.

También le tenían miedo a la pistola. Recordaba cómo Indio se había detenido en seco cuando la había visto. No obstante, Jamal no sabía a ciencia cierta si deseaba ser un Escorpión o no. No quería enfrentarse a Indio. Indio parecía salvaje y Randy le había contado que una vez, cuando los Escorpiones habían tenido una pelea en el Bronx, Indio babía noqueado a un tipo de un puñetazo. Pero quizás no sería preciso pelear con Indio, al menos mientras Jamal tuviera la pistola.

CAPITULO IX

Jamal salió de la habitación de Sassy cuando escuchó llegar a Mama. Traía unos paquetes; Sassy los tomó y los colocó sobre la mesa.

—¿Ya llegó Jevon?

—No —Sassy sacudió negativamente la cabeza.

Las comisuras de los labios de Mama se tensaron por un momento; luego sonrió.

—Sassy, busca el pimiento rojo en la alacena —dijo.

Sassy se dirigió a la alacena y encontró el pimiento rojo.

—¿Qué vas a hacer?

—Pescado a la diabla —respondió Mama—. ¿Qué has estado haciendo Jamal?

—Nada. ¿Vendrá papá?

—Dijo que lo haría —respondió Mama, haciendo énfasis en «dijo»—. Sabe Dios lo que hace ese hombre la mayor parte del tiempo.

El pescado ya estaba sin escamas, y Mama lo lavó con cuidado y lo secó. Luego esparció harina por encima y lo puso sobre la tabla de cortar. Jamal contó seis pequeños pescados.

—Mama, papá dijo que Jamal debe lavar los platos de ahora en adelante, ¿verdad? —preguntó Sassy.

—No tengo tiempo para esas tonterías, niña —respondió—. ¿Tienes tareas?

—Las terminé en la escuela.

—¿Y tú, Jamal?

—No tengo —dijo. Recordó que las tareas estaban escritas en el tablero, pero había olvidado copiarlas.

—No comiencen a pelear cuando llegue su padre —dijo Mama. Cubrió el pescado con un paño limpio. Luego puso un poco de tocino en la sartén y encendió el fuego.

Jamal permanecía en la puerta de la cocina, eclinado contra el delgado marco, y observaba cómo se desplazaba el tocino sobre la sartén mientras se derretía. Mama tomó una taza de caldo de pollo del refrigerador y la vertió en otra olla. Le añadió pimienta negra, pimienta roja y pimienta blanca, y mezcló todo suavemente mientras se calentaba.

—¿Tu habitación está limpia, Sassy?

—Sí, a menos que Jamal la haya desordenado. Estaba allí.

—Yo no desordené nada —dijo Jamal.

—Vayan ambos y miren cómo está la sala.

Jamal dejó que Sassy fuera primero; luego recordó la pistola y se precipitó detrás de ella.

La sala no estaba mal, y Sassy ordenó las cosas que estaban fuera de lugar. Encendió el televisor, con el sonido bajo para que Mama no lo oyera y le ordenara apagarlo.

—Te regalo mi pescado —dijo Sassy.

—No lo quiero —respondió Jamal.

—Es tuyo de todas maneras.

—Cállate.

Jevon Hicks golpeó a la puerta exactamente a las seis de la tarde. Sassy abrió y Jevon la levantó en sus brazos.

—¡Oye, niña, te estás poniendo pesada!

—¡Hola, papá!

—Sassy, pregunta a tu padre si desea cenar en la sala o en la cocina.

—¡Donde esté la comida! —respondió Jevon a la pregunta de Mama.

—Hola, papá.

—¿Cómo estás, hijo?

—Bien.

—¿Has estado ayudando a tu madre en casa? —Jevon Hicks se quitó el abrigo y tomó asiento al otro lado del sofá. Llevaba un traje viejo, pero sus zapatos parecían nuevos.

—Sí, he estado ayudando.

—Papito, le dije a Jamal que él tiene que lavar los platos siempre.

—Ese no es trabajo para un hombre —dijo Jevon—. ¿Cómo vas en la escuela?

—Bien.

—¿Bien? No es suficiente —dijo Jevon—. Con eso no podrás conseguir un empleo.

—Voy muy bien —dijo Jamal.

—Eso está mejor. Sé que no deseas que me quite el cinturón y te enseñe lo que debes hacer.

Jamal apartó la mirada. Sentía los ojos llenos de lágrimas. Odiaba que su padre viniera a hablarle de cómo debía portarse. Nunca estaba allí para hablarle, o ayudarle, ni nada. Cuando venía de vez en cuando, hablaba como si le interesara mucho. Deseaba que viviera en otro lugar, en Puerto Rico o en alguna otra parte, como el padre de Tito.

Jevon Hicks hablaba con Sassy acerca de un empleo que había conseguido en una lavandería. Jamal olía el pescado. Sabía que Mama lo freiría cerca de medio minuto en el tocino y luego lo pondría en el caldo con toda la pimienta. Así tendría un sabor delicioso, mucho mejor que cuando solamente lo fritaba con harina de maíz.

—Apenas consiga algún dinero, compraré un

automóvil —decía su padre en la mesa de la cocina—. Quizás podamos ir a pasear algún día. ¿Cuándo estuviste por última vez en Coney Island?

—No he estado allí desde... —Mama miraba hacia el techo—. Desde antes de que muriera el señor Lee. ¿Recuerdas que solía trabajar en el hipódromo?

—¿Aquel viejo inválido?

—Sí.

—Iremos a la Gran Aventura —dijo Sassy.

—Ocurren demasiados accidentes —Jevon se sirvió un pescado de la bandeja—. Además tomaría todo el día llegar allí. Apuesto que gastaría un tanque de gasolina para ir allí y regresar.

—Tenemos que ver lo de Randy también —dijo Mama.

—¿Cuánto dices que pide el abogado? —preguntó Jevon.

—Dice que necesita dos mil dólares para todo.

—Puedo conseguir cerca de la mitad en un par de meses, pero no todo.

—El abogado dice que comenzará a hacer la apelación con quinientos dólares —dijo Jamal.

—Es lo que le dice a tu madre —respondió su padre—. Estos abogados te matarían por quinientos dólares. Debes tener todo el dinero; entonces puedes decir: «Aquí está, sáquelo de la prisión».

—¿Crees que saldrá, Jevon?

—Ese no es el problema. No puedes saber lo

107

que hará el abogado hasta hablar con él. El problema es saber qué haremos para sacar a nuestro hijo de allí.

—No podemos hacer nada diferente de conseguir el dinero —dijo Jamal.

—¿Y qué estás haciendo al respecto? —preguntó su padre.

—¿Yo?

—Sí, tú. Es tu hermano, ¿verdad?

—Sí.

—Pues ya es hora de que comiences a portarte como un hombre y veas qué puedes hacer al respecto.

—No puede buscar un empleo porque sólo tiene doce años —dijo Sassy.

—Cuando yo tenía su edad, había tenido ya muchos empleos. No puedes conseguir un empleo si comienzas por decir que sólo tienes doce años —dijo su padre—. De todas maneras, parece que no quisieras un trabajo. Lo que quieres es ser un hijo de mamá.

—Me ayuda mucho en casa —dijo Mama—. ¿Verdad, Sassy?

—Sí, Jamal ayuda mucho a Mama —dijo Sassy.

—¿Todavía dibujas?

Jamal no respondió. Sabía que a su padre no le agradaba que dibujara.

—Creo que es mejor que me ayude en casa, así no estaré preocupada mientras trabajo —dijo Mama—. Tú sabes cómo es la gente por acá.

—Incluso Randy tuvo dificultades para encontrar empleo —dijo Sassy.

—Eso es porque Randy no se deja engañar. —Jevon Hicks tomó la última papa—. No te dan empleo si no sabes valerte por ti mismo. Es lo que Jamal tiene que aprender.

Su padre permaneció allí hasta las once de la noche. La mayor parte del tiempo miraron televisión. Mama hablaba más que de costumbre, y Jamal sabía que estaba feliz de tener a su marido en casa. Cuando Jevon comenzó a mostrarse impaciente, consultando continuamente su reloj, supieron que se disponía a partir. Mama permaneció en silencio. Todos lo hicieron, esperando que anunciara su partida.

—¿Qué hora es? —preguntó.

—No es tarde —respondió Mama—. ¿Deseas un café?

Jevon miró el reloj y murmuró algo acerca de madrugar al día siguiente.

Se despidió primero de Sassy, abrazándola.

—Debes portarte como un hombre —dijo a Jamal.

—Lo sé —respondió Jamal.

—¿Cómo lo sabes?

—Soy el único hombre de esta casa, ¿verdad?

—No seas insolente, Jamal —dijo Mama—. ¡A veces se pone tan insolente este muchacho!

Mama lo acompañó a la puerta. Luego pidió a Jamal que lavara los platos, y él lo hizo.

No sabía lo que era, pero siempre tenía la misma sensación cuando los visitaba su padre. Lo que hablaban siempre era igual; sin embargo, cuando se marchaba, Jamal se sentía mal. Tampoco lamentaba que se marchara. Estaba acostumbrado a ello. Era las cosas que decía su padre, aludiendo a que Jamal no actuaba como un hombre. Sentía que debía hacer algo, pero no sabía qué.

Mama decía que a menudo, cuando un hombre ha roto con su familia, le es difícil verla de nuevo, pues siente que le ha fallado. Jamal podía entender esto. Cuando tenían problemas, y él no podía hacer nada para remediarlos, también deseaba alejarse. Comprendía a su padre, pero esto no lo hacía sentir mejor.

Jamal contempló la pistola antes de colocarla dentro del zapato de gimnasia. «Sterling. 380 D/A», estaba impreso en ella, y se preguntó qué significaría. Ató con cuidado el zapato y lo puso en una bolsa de papel con su compañero. Así la llevó a la escuela. La pistola parecía más pesada que el día anterior.

La mañana transcurrió normalmente. La señora Rich preguntó si alguien había olvidado sus tareas, y él no levantó la mano. Luego pidió a Christine que las recogiera, y explicó las respuestas. Mientras explicaba de nuevo los decimales, Christine calificó las tareas. Las entregó justo antes de salir.

—Deben repasar esta noche en casa los errores que hayan cometido —dijo la señora Rich—. Mañana o el lunes habrá un examen.

Dwayne comenzó a importunarlo de nuevo. Les decía a todos que Jamal se había acobardado.

—Ahora será preciso patearlo dos veces —decía a algunas de las chicas—. Quizás me traiga un dólar cada día para que deje de golpearlo.

Myrna le lanzó a Dwayne una mirada de disgusto. No le agradaba más que a Jamal.

—Será mejor que estés en el depósito a la hora del almuerzo, o te patearé el trasero en la mitad de la clase —dijo Dwayne.

—Allí estaré —respondió Jamal.

Las chicas comenzaron a anunciar que habría una pelea en el depósito al mediodía. Jamal escuchó a una de las gemelas Davis decirlo.

—¿Por qué peleas con él si sabes que no puedes ganar? —preguntó.

—¿Por qué no puedo ganar?

—Porque la última vez te dio una paliza —respondió. Tenía una mirada estúpida y se burlaba de él. La miró directamente, pero estaba tan furioso que quería llorar.

Jamal tenía otra clase antes del almuerzo. En lugar de asistir a ella, subió al tercer piso a buscar a Tito y a hablarle acerca de la pelea.

—¿Vas a pelear con él?

—Lleva la pistola al depósito —dijo Jamal—. Déjala en la bolsa y ponla en el estante. ¿Está bien?

—No creo que debas dispararle a nadie —dijo Tito.

—No lo haré.

—¿Qué harás?

—Sólo lleva la pistola como te dije —respondió Jamal.

—No.

—¿Por qué no?

—Porque no quiero que dispares.

—Sólo voy a asustarlo —dijo Jamal.

—No creo que debas llevar la pistola —dijo Tito. Miró al suelo y puso la punta del pie en una de las rajaduras del piso.

—Está bien, entonces bajaré y recibiré una paliza —dijo Jamal—. Recibiré una paliza y diré que eso es lo que mi amigo Tito quiere.

Tito miró a Jamal, se encogió de hombros y luego miró al suelo de nuevo.

—Quizás debas devolver la pistola a Mack —dijo Tito.

—Está bien, se la devolveré esta tarde —dijo Jamal.

—¿Lo prometes?

—Después de que disparemos.

—Está bien.

—¿La llevarás al depósito?

—Sí —Tito asintió y tomó la pistola.

—Jamal, ¿dónde estabas? —preguntó el señor Hunter.

—Estoy muy mal del estómago —respondió Jamal—. Tuve que ir al baño.

El señor Hunter aspiró profundamente mientras pensaba qué podía decir. Finalmente no dijo nada, y continuó con la clase.

Dwayne le decía algo a Billy y miraba a Jamal. Se portaba como si no pudiera controlar la risa.

«Indio es mucho más fuerte que Dwayne», pensó Jamal. «Indio se ve tan fuerte como Mack, y quizás sea más inteligente». Los tipos fuertes parecen serlo más cuando no son inteligentes, y Mack parecía bastante tonto.

Indio era fuerte, pero había guardado silencio al ver la pistola en el cinto de Jamal. Dwayne también lo haría. Jamal lo imaginaba entrando en el depósito, sonriente, hablando de cuán fuerte era. Luego vería la pistola y comprendería que era mejor guardar silencio. Lo haría. Al igual que Indio.

Sonó la campana y se dispersó la clase.

—Oye Dwayne —Billy se encontraba cerca de Jamal—. Te apuesto a que no puedes noquearlo.

—Te apuesto a que sí —respondió Dawyne.

—¿Qué dices, Jamal? —Billy cerró la mano como si estuviera sosteniendo un micrófono y la puso frente a Jamal.

—Veremos qué sucede —dijo Jamal.

Dwayne lo puso contra la pared.

—¿Qué dijiste, tonto?

—Te veré en el depósito —dijo Jamal—. Eso fue lo que dije.

Jamal se volvió y se dirigió al salón. Pensó que quizás debiera continuar y pelear con Dwayne. No le temía. Incluso si perdía no tendría mayor importancia; unos puñetazos no podrían causarle mucho daño.

Pero entonces, pensó luego, si se peleaba con Dwayne y perdía, Dwayne podría intentar apoderarse de la pistola y eso sería grave. Pensó acerca de esto un poco, pero pensó todavía más en la forma como Dwayne se reía de él. No estaba bien que Dwayne se burlara así de nadie.

CAPITULO X

—Entonces no entraré —dijo Jamal.

—¡Tiene miedo!

—Debiera darte una bofetada ahora mismo —Dwayne se acercó lo más que pudo a Jamal y lo miró desde arriba.

—Mira el miedo que tiene —Tamia Davis intentaba mirar a Jamal por sobre el hombro de Dwayne.

—Si deseas pelear conmigo, solamente entraremos los dos —dijo Jamal.

—¡Pagué dos dólares por mi boleto! —dijo Billy—. Tengo que verlo.

—Eres muy valiente, ahora te escudas detrás de Dwayne, ¿no es así? —Jamal lanzó con furia las palabras a Billy Ware; luego pasó frente a

Dwayne y avanzó por el pasillo. Dwayne lo tomó por el brazo y lo hizo girar.

—¿Te acobardaste?

—Eres tú quien no quiere entrar sin todos tus amigos —respondió Jamal.

—Entren —Billy indicó con la mano el depósito—. Esperaremos afuera y sólo escucharemos.

—Quiero verlo.

Jamal miró a Tamia Davis, quien estaba reclinada contra la pared.

—¡Vamos! —Dwayne se volvió y entró en el depósito.

Jamal contempló los rostros sonrientes que lo rodeaban y su boca se secó. Tito se encontraba atrás. Jamal deseaba decirle que mantuviera los chicos afuera del depósito, pero no encontraba las palabras.

No temía a Dwayne. Ni siquiera temía recibir una paliza.

El interior del depósito estaba mohoso. Ya no se usaba para guardar materiales. Lo único que contenía ahora eran algunos viejos mapas, polvorientos y enrollados en un rincón, y libros que habían sido usados años atrás en la escuela. El cuarto era demasiado pequeño para convertirlo en un aula; lo usaban los chicos mayores para fumar, porque podía cerrarse desde dentro y tenía una pequeña ventana que dejaba escapar el humo.

Fue Jamal quien corrió el cerrojo.

—¿Por qué cierras, idiota?

Dwayne se había acercado tanto a Jamal que le tocaba el pecho. «Dwayne no se siente tan seguro de sí mismo», pensó Jamal. «De lo contrario, hubiera comenzado inmediatamente la pelea en lugar de gritar».

Jamal le dio un empellón y Dwayne le dio un puñetazo directamente a la nariz lanzándolo de nuevo contra la puerta. La cabeza le giraba y antes de que pudiera recobrarse Dwayne lo golpeó de nuevo. Se abalanzó ciegamente contra el cuerpo de Dwayne, sintió otro golpe en la cara, y luego asió uno de los brazos de Dwayne.

Se sostuvo lo mejor que pudo mientras Dwayne continuaba golpeándolo en la nuca. Intentó levantar una de las piernas de Dwayne y hacerlo caer como lo había hecho en la calle, pero Dwayne se volvió y lo golpeó en la espalda.

Jamal retrocedió rápidamente y levantó las manos.

Dwayne lo atacó de nuevo, moviéndose como un boxeador.

—No eres tan fuerte ahora, ¿verdad? —el rostro de Dwayne estaba contorsionado por la ira.

Se abalanzó sobre Jamal, pero éste le lanzó una patada a la pierna. Dwayne giró, haciendo un paso de karate, y Jamal recibió la patada en el estómago. Perdió el aire y las piernas comenzaron a cederle. Sentía náuseas mientras retrocedía con dificultad. Dwayne se paró de nuevo y trató de lanzar una patada voladora, pero resbaló al levantar la pierna. Se cayó al suelo y se golpeó en el hombro.

Jamal miró a su alrededor. Vio la bolsa de papel en el estante que se encontraba precisamente encima de Dawyne. Se acercó a él y Dwayne lo pateó en la pierna. Cayó sobre Dwayne, lanzándole un puño que no lo alcanzó. Dwayne giró dos veces sobre sí mismo y se puso en pie de un salto. De nuevo asumió una posición de karate.

Dwayne no sabía karate, y Jamal lo sabía; sólo había tenido suerte con la patada. Pero el rostro de Jamal comenzaba a hincharse con el puñetazo en la nariz, y cuando se limpió la boca había sangre en sus dedos.

Dwayne ya estaba de nuevo sobre él y comenzaba a patearlo. Jamal saltó sobre Dwayne, recibió la patada sobre la pierna y le agarró la cabeza. La torció e intentó derribarlo, pero fue Dwayne quien asió la pierna de Jamal y la levantó.

Jamal sintió que comenzaba a caer hacia atrás. Intentó alcanzar a Dwayne, le asió la camisa por un momento y luego sintió que caía. Dwayne lo golpeó mientras caía, y luego retrocedió. Jamal vio que había rasgado la camisa de Dwayne.

Jamal se puso de pie rápidamente, mientras que Dwayne se quitaba la camisa rota.

—Pagarás por esto, ¡desgraciado! —Dwayne respiraba con dificultad.

Jamal levantó las manos y encontró la bolsa. La alcanzó y tomó la pistola.

Dwayne se hallaba frente a la ventana y Jamal no podía ver su rostro con claridad. Levantó la pistola y le apuntó.

—No es de verdad —dijo Dwayne.

—Ven —dijo Jamal. Tenía un sabor de sangre en la boca—. Verás que es de verdad.

Dwayne no se movió.

Jamal sostenía la pistola apuntando a Dwayne. Podía escuchar su propia respiración y la de Dwayne, aún más pesada. Dwayne perdía el aliento. Jamal pensó que podría ganar la pelea.

—Es sólo una pistola de juguete —dijo Dwayne.

—Ven y lo compruebas —dijo Jamal.

Dwayne se incorporó y miró a Jamal.

—Sé que no es de verdad.

—Los Escorpiones no llevan pistolas de juguete —dijo Jamal.

—Tú no eres ningún Escorpión.

—Soy el jefe de los Escorpiones.

Se escucharon golpes en la puerta y la voz de Billy diciendo que lo dejaran entrar.

Jamal dio un paso hacia Dwayne, levantando la pistola hacia su rostro.

—Oye, Jamal... —la voz de Dwayne se quebró mientras hablaba.

Dwayne comenzó a retroceder, con una mano frente a su pecho.

Jamal temblaba. El corazón le latía aceleradamente. Miró el rostro de Dwayne y vio su miedo. Se acercó y observó cómo el chico más grande levantaba las manos hasta cubrir con ellas su rostro, y se deslizaba al suelo.

Jamal pateó a Dwayne en la pierna. Una vez, dos veces, cada vez con más fuerza. Dwayne mantenía las manos sobre su cabeza.

—¡Por favor! —se envolvía como un ovillo.

Jamal lo pateó en el costado, y se hizo daño en el dedo del pie. Comenzó a patearlo con el otro pie, y luego se detuvo.

—La próxima vez, eres hombre muerto —dijo. Retrocedió, agarró la bolsa y metió en ella la pistola. Dwayne seguía en el rincón, llorando. Se volvió.

Billy y los demás se encontraban todavía cerca del depósito, afuera.

—¡Está sangrando! —rió Tamia Davis.

Jamal se abrió paso entre los chicos y bajó las escaleras.

—¡Jamal! —era la voz de Tito.

Jamal no se detuvo. Ahora lloraba. Pasó de largo frente a otros chicos que entraban en el comedor y salió al patio de la escuela.

—¿Tienes permiso? —gritó uno de los profesores de primaria.

Jamal continuó su camino. Atravesó el patio de la escuela y continuó hacia la avenida.

Jamal no sabía por qué se dirigía hacia el lago donde se encontraban los botes. No había notado siquiera el frío que hacía hasta que llegó a la calle 96.

Pensó en Dwayne. ¿Qué diría? Quizás buscaría al señor Davidson para decirle que Jamal tenía una pistola. Jamal se decía a sí mismo que esto no importaba.

Jamal pensó no regresar a casa, no regresar nunca jamás. Permanecería en la calle. Partiría para Chicago o para algún otro lugar. Incluso para California.

Lloraba. Todo era culpa de Dwayne. Ahora tendría que marcharse y no vería a Mama y a Sassy nunca más. No, las vería de la nuevo. Quizás esperaría a que Randy saliera de la prisión antes de regresar. Entonces regresaría también, y no lo reconocerían. Llevaría un traje, una camisa blanca, una corbata.

Algunos chicos de la escuela estaban en el parque. Jugaban fútbol, los chicos contra las chicas. Jamal los observó durante algún tiempo. Las chicas se defendían bien y Jamal pensó que se debía a que los chicos no eran tan buenos.

El viento se tornó más fuerte y Jamal comenzó a temblar de frío. Pensó en ir a casa. Necesitaba su chaqueta. La policía probablemente estaba en la escuela y no podría recuperar su chaqueta. Tenía una vieja en casa. Quizás pudiera introducirse subrepticiamente cuando no hubiera nadie. Dejaría una nota.

Comenzó a pensar qué escribiría en la nota, y

rompió a llorar de nuevo. No deseaba abandonar su casa. Sin embargo, no sabía qué otra cosa podía hacer. Había escuchado lo que sucedía en la prisión y en los reformatorios. Los muchachos mayores lo golpeaban a uno y luego lo violaban.

Continuaba temblando. Un joven que caminaba a su lado, lo miró, y apretó el paso.

No había matado a nadie. Quizás no tendría que ir a prisión. Quizás sólo lo pondrían a prueba, o algo así. Quizás recibiría solamente una amonestación. El señor Davidson lo expulsaría de la escuela y tendría que buscar un empleo.

Una pila de hojas secas se arremolinaba en la vereda y crujía bajo sus pies.

No sabía qué hacer con la pistola. Pensó en deshacerse de ella, pero si la policía lo arrestaba, sería obligado a · con ella al lugar donde había dejado el arma

Todo era tan complicado... Al salir de casa en la mañana, las cosas no iban tan mal, pero ahora sí... ¿Habría pensado Randy lo mismo? ¿Se habría detenido frente a la tienda y pensado que todo sería fácil y que obtendría el dinero? Entonces algo había sucedido, un hombre había muerto y Randy había echado a perder su vida.

Recordaba continuamente la pelea con Dwayne. Imaginaba estar en el depósito una y otra vez. No podía vencer a Dwayne. Dwayne era mayor y más fuerte. Incluso si conseguía asestarle algunos golpes, Dwayne ganaría la pelea. Dwayne se consideraba muy fuerte, pero no lo había sido cuando vio la pistola. Indio había retrocedido al verla. La gente lo respetaba a uno cuando uno tenía una pistola. Quizás no fuera correcto tenerla, pero aun así la gente lo respetaba.

Hacía frío. Un anciano y su esposa, que caminaban del brazo, cerraron el cuello de sus abrigos. Pensó ir a la calle 42. Deseaba encontrar un espejo para verse. Sabía que podía ir al Deuce; allí hallaría un baño.

Dos mujeres que se dirigían al embarcadero se detuvieron frente a uno de los botes. Vestían igual. Ambas usaban pantalones de gimnasia. Una de ellas llevaba un bolso de compras blanco, grande.

Jamal hubiera querido tener un bote. Hubiera querido conocer a estas mujeres. Si las hubiera conocido, su vida sería distinta. Probablemente tendría un bote, y ellas le pedirían que las llevara de paseo. No conocería a Dwayne. Ya habría terminado la escuela y obtenido un diploma, y conocería muchos lugares.

Las mujeres subieron a uno de los barcos y entraron en el pequeño compartimiento. Jamal pensó en lo que harían allí. Seguro hablarían sobre el presidente, o sobre algún viaje que les gustaría realizar.

Dos jóvenes pasaron a su lado. Uno de ellos parecía latino. Llevaba el cabello corto adelante y largo atrás.

El otro era latino, o tal vez negro. Se detuvieron a contemplar los barcos. El negro lo miró. Jamal buscó entre la bolsa y colocó su mano sobre la pistola. Los jóvenes siguieron su camino.

Decidió ir al Deuce. Se incorporó y comenzó a caminar hacia el centro de la ciudad, cuando le pareció escuchar su nombre. Inicialmente creyó que lo había imaginado, pero cuando se volvió, vio a Tito agitando el brazo.

CAPITULO XI

—¿Qué haces aquí?

—Vi cuando salías de la escuela. Dwayne les contó a todos que tú eres un Escorpión. ¿Se lo dijiste?

Jamal miró a Tito.

—¿Qué más decía?

—Decía que ibas a dispararle —dijo Tito—. ¿Qué vas a hacer ahora?

—¿Todos se enteraron?

—Principalmente aquellos chicos que aguardaban afuera del depósito. ¿Ganaste la pelea?

—Supongo que él ganó —respondió Jamal—. ¿Dwayne dijo que yo tenía la pistola en el depósito?

—Sí. Estaba muy asustado cuando te marchaste —dijo Tito—. Todos decían que tú lo habías vencido, pero yo vi cómo estabas cuando abandonaste el depósito.

—¿Cómo supiste que estaba aquí?

—Porque vienes a menudo —dijo Tito—. Fui a tu casa, pero no había nadie.

—¿Saliste temprano de la escuela?

—Sí —sonrió Tito.

—¿Qué crees que sucederá ahora?

—Si Dawyne le dice a los profesores que tenías una pistola en la escuela, te verás en problemas.

—Estaba pensando escapar.

—Todos decían que no sabían cuán fuerte eras, ni que fueras un Escorpión —dijo Tito. Hablaba con la cabeza baja—. Todos excepto Tamia.

—¿Qué decía ella?

—Decía que tú no eras un Escorpión.

—¿Qué crees que debo hacer?

—¿Temes regresar a casa?

—No —respondió Jamal.

—Vete a casa.

—¿Quieres conservar la pistola?

—¿En mi casa? —dijo Tito, sorprendido.

—Sí.

—¿Quieres disparar?

—No, hombre —Jamal sacudió negativamente la cabeza—. Casi le disparo a Dwayne.

—¿Ibas a matarlo?

—Si él...

Tito volvió la cabeza y miró hacia el río. Jamal había observado esto antes. Cuando las cosas marchaban mal, o cuando Jamal decía algo que él no deseaba escuchar, hacía eso: volvía la cabeza para que Jamal no pudiera verle el rostro.

—Ni siquiera le apunté con la pistola —dijo Jamal, aun cuando sabía que Tito no le creería.

Tito no se volvió.

Una gabarra se deslizaba por el río, jalada por un remolcador negro y rojo. Las gaviotas chillaban ruidosamente mientras volaban en círculo sobre la gabarra. Jamal podía distinguir a alguien de pie frente al timón del barco. Parecía ser una mujer. La contempló durante un rato; ella permanecía inmóvil. Luego se volvió de nuevo hacia Tito.

—¿No pensaste que pudiera matar a alguien, verdad?

—¿Quieres deshacerte de la pistola?

—Creo que debemos dársela a Mack —dijo Jamal.

—Supón que Dwayne se lo diga al señor Davidson.

—¿Crees que me delatará?

—Sí.

—¿La guardarás en tu casa? —preguntó Jamal.

—¿Quieres dispararla primero?

—Está bien.

Estaba oscureciendo. El aire estaba terso, casi picante. Jamal pensó que llovería. Caminaron hacia el centro de la ciudad hasta llegar a la entrada del parque.

Había una escalinata que conducía al parque y a un sendero que bordeaba la pared que lo cercaba. Tito y Jamal se detuvieron al lado del sendero, cerca de la escalinata.

—¿Quieres dispararla? —preguntó Jamal.

—Sí.

—Anda —dijo Jamal—. Sólo tienes que levantar el gatillo.

Tito miró en torno suyo, luego miró la pistola que Jamal le había entregado.

—Pesa mucho —observó.

—Anda, dispara.

Tito sostuvo el arma lejos de su cuerpo, entrecerró los ojos y disparó. No sucedió nada. Luego, con ambas manos en el gatillo, disparó de nuevo. La pistola se disparó y se volvió hacia arriba en manos de Tito. Miró a Jamal con los ojos muy abiertos.

—Ponla de nuevo en la bolsa.

Tito metió la pistola en la bolsa rápidamente.

—¡Nos vio!

Tito se volvió y vio a una mujer delgada de pie, cerca de un poste de la luz. Sostenía una correa en cuyo extremo había un pequeño perro blanco. Estaba muy pálida y no se movía.

—Vamos —Tito jaló a Jamal por el brazo.

Jamal corrió escaleras arriba detrás de Tito; sólo se detuvo una vez para mirar a la mujer. Todavía estaba petrificada en el lugar donde la habían visto por primera vez.

—Mama, ¿cómo se escribe «secretaria»? —preguntó Sassy.

—¿Cómo quieres llegar a ser una secretaria cuando no sabes ni siquiera escribir la palabra? —preguntó Mama.

—No seré una secretaria —respondió Sassy—. Sólo seré una aprendiz de secretaria, o algo así. Sólo quieren saber qué quiero ser.

—De todas maneras no conseguirás un empleo, porque no tienes edad suficiente —dijo Jamal.

—Tiene edad suficiente para no olvidar su chaqueta en la escuela —dijo Mama—. Y todavía no me has dicho por qué vino Tito a traerla en la tarde, con el frío que hacía hoy.

—Sólo estábamos jugando —dijo Jamal.

—¿Y por qué no has comido nada?

—No tengo hambre.

—¿Y por qué tienes los ojos inflamados?

—Te dije que tuve una pelea.

—Ya veo. Tuvo que ser una tremenda pelea, para que olvidaras la chaqueta en la escuela —dijo Mama.

—Si Sassy se callara la boca a veces, las cosas irían mejor —dijo Jamal.

—Sassy sólo actúa como si fuéramos una familia —dijo Mama—. No puedes culparla por eso.

Jamal había llegado a casa a las seis y media, y Sassy ya le había dicho a Mama que Tito había traído su chaqueta a casa. Sin embargo, su mayor preocupación era lo que Dwayne hubiera podido decir en la escuela. Si le había dicho al señor Davidson que él tenía una pistola, Jamal estaba seguro de que el director llamaría a la policía.

Cada paso que escuchaba en el pasillo, le parecía que era el de la policía. Tenía un nudo en el estómago. Mama había dicho que había ido a otra tienda de la avenida a comprar unos plátanos, y que su dueño, el señor González, le había dicho que necesitaba un ayudante en las tardes.

—Debes pasar por allí —dijo—. Quizás tengas suerte.

Jamal había asentido y había dicho que iría después de la escuela. Mama lo miró y preguntó si le sucedía algo. Jamal respondió que no, pero sabía que Mama no le había creído.

No durmió bien. Escuchó ruidos en el pasillo durante toda la noche. Recordaba cuando había venido la policía a arrestar a Randy. Todos estaban dormidos. Randy dormía en el sofá y Jamal compartía la habitación con Sassy. Habían escuchado los golpes en la puerta y él había salido a ver qué sucedía. Mama ya se encontraba en medio de la habitación. Jamal siguió la mirada de Mama y vio a Randy de pie. Se había puesto los pantalones y se apresuraba a calzarse.

Mama había permanecido en silencio; sólo miraba a Randy. Jamal no entendía qué ocurría, pero sabía que estaba relacionado con Randy.

Los golpes en la puerta comenzaron de nuevo, y alguien gritó que abrieran la puerta; era la policía. Mama permanecía inmóvil. Randy ya se había calzado y le preguntó a Mama si tenía dinero.

Mama no respondió. Era como si supiera que la policía venía a arrestar a Randy. Era parte de la vida en aquel barrio, como lo era pasar frente a la tienda del señor Evans, parte de la forma como vivían. «Si uno hace parte de esa vida», pensaba Jamal, «algún día hará algo y la policía vendrá a buscarlo».

Randy se había dirigido hacia la ventana y la había abierto.

Se escuchó un fuerte ruido en la puerta y ésta se desprendió del marco. Un momento después, dos policías y dos hombres más se precipitaban en la habitación. Habían desenfundado sus armas y las apuntaban a su alrededor.

—¡Allá va! —exclamó un policía negro. Corrió a la ventana, sacó la pistola y comenzó a gritarle a Randy que regresara a la habitación. Cuando éste lo hizo, había perdido uno de sus zapatos.

Así era como lo habían llevado, sólo con sus pantalones y uno de sus zapatos.

Amaneció. Había una cucaracha en el cereal. Jamal intentó recordar cuándo había colocado por última vez el veneno para las cucarachas. Debía hacerlo de nuevo.

—¿Por qué siempre hay cucarachas en las casas de los pobres? —preguntó Sassy.

—Las hay en todas partes, en las casas de los ricos y de los pobres —dijo Mama—. Cualquiera puede tener cucarachas en su casa. Las hay en Park Avenue. Ratas también.

—Sólo se ven en las casas de los pobres —repitió Sassy obstinadamente.

—¿Vas a comerte el cereal? —preguntó Jamal.

—¡No si tiene cucarachas!

—Tira esa caja de cereal al basurero —dijo Mama—. Come una tostada, cariño.

—Jamal compró ese pan de uvas ayer —dijo Sassy. Cuando sonreía, podían verse hoyuelos en sus mejillas—. Esas uvas parecen cucarachas.

—Tú pareces una cucaracha —dijo Jamal.

—Jamal, ¿por qué le hablas así a tu hermana?

—¡Porque es un ignorante! —exclamó Sassy—. Siempre se sabe cuando alguien es ignorante por las estupideces que dice.

—Tú eres la ignorante —dijo Jamal.

—Jamal ¿averiguarás acerca de ese empleo en la tienda del señor González? —preguntó Mama—. Así podrías conseguir algún dinero para tus gastos.

—Iré en cuanto salga de la escuela.

Darnell pertenecía a la clase del señor Perry. Estaba de pie en el pasillo, con su gorra colocada en la parte de atrás de la cabeza. Fue la primera persona que encontró Jamal en la escuela.

—¿Tienes o no tienes una pistola? —preguntó Darnell.

—No tengo ninguna pistola —respondió Jamal.

—Eso fue lo que aseguré a todos —dijo Darnell—. Dwayne sólo estaba avergonzado porque le diste una paliza.

—¿Dijo que yo tenía una pistola?

—¡Sí!

—Miente.

—¿Perteneces a los Escorpiones? —preguntó Darnell.

—¿Quién eres, un agente secreto?

—¡No, hombre, soy del Vicio de Harlem, y somos tan malos que no podrías creerlo!

Jamal se alejó de Darnell.

Durante la clase de la señora Rich, Tamia le preguntó si le había disparado a Dwayne, y él respondió que no. Dwayne no le dirigió la palabra. Ni siquiera lo miró.

Jamal quería saber qué había dicho Dwayne y a quiénes. Durante el receso, vio a Dwayne conversando con Jerry Whaley y se preguntó si estaría intentando que Jerry lo importunara. Jerry era el chico más fuerte de la escuela. Había estado dos veces en un reformatorio y había acuchillado a un tipo. Jamal se dio cuenta de que hablaban acerca de él, porque Jerry se volvió y miró hacia donde se encontraba.

Era el día del maestro y sólo habría clases medio día. Nadie mencionó la pistola, excepto Darnell y Tamia. Nadie mencionó tampoco a Dwayne, hasta cuando entraron en la clase de la señora Mitchell. Entonces Christian se acercó a Jamal y le dijo que Dwayne deseaba verlo afuera.

—¿Vas a pelear de nuevo con él? —preguntó Christian.

—Si él desea pelear, tendré que hacerlo —dijo Jamal.

Por primera vez Jamal sintió temor. No sabía qué había cambiado, o por qué ahora temía a Dwayne, pero así era. Sintió que el corazón le latía cada vez con más fuerza, y tenía seca la boca. Pensó en la pelea del día anterior. Quizás sabía que no podía vencer a Dwayne, pero antes esto lo había tenido sin cuidado. Se preguntaba si Dwayne también tendría una pistola.

Tito lo esperaba a la salida de la escuela. Quería que Jamal fuera a su casa. Jamal dijo que debía esperar a Dwayne.

—¿Qué vas a hacer?

—No lo sé —respondió Jamal— . Puede que Jerry Whaley lo acompañe.

—¿También él peleará contigo?

—No lo sé.

—Yo pelearé a tu lado —dijo Tito.

—No sabes pelear.

—Eso no tiene importancia.

—Si ambos se lanzan sobre mí, voy a darles una paliza.

—¿Cómo?

—No lo sé.

Billy Ware aguardaba en la esquina con Dwayne. Jerry Whaley no estaba por allí. Tamia y su hermana se encontraban allí también. Al igual que Darnell.

—¿Qué quieres? —preguntó Jamal.

—Estoy pensando ir a la policía y decirles que tienes una pistola.

Jamal se volvió. Respiraba lentamente por la boca.

—Lo digo en serio —dijo Dwayne.

Jamal lo sabía, pero también sabía que Dwayne se sentía inseguro. Si en realidad supiera qué hacer, si estuviera seguro, habría acudido directamente a la policía.

—Deseas causarles problemas a los Escorpiones, ¿verdad? —preguntó Jamal.

—Sólo a ti —dijo Dwayne. Cambió de posición.

—Haz lo que creas que debes hacer —dijo Jamal—. Pero será mejor que estés seguro de lo que haces.

Jamal se volvió y comenzó a alejarse.

—¡Ahí viene! —gritó Darnell.

Jamal se volvió, pero Dwayne no se había movido.

—No conozco a tu madre —el señor González estaba acomodando frascos de *Recaíto* en las estanterías, de manera que la etiqueta se viera desde afuera.

—Sí, usted la conoce —dijo Jamal—. Estuvo ayer aquí y compró unos plátanos.

—¿Es una mujer grande?

—Sí. Dijo que usted necesitaba un ayudante en la tienda.

—¿Eres un buen chico?

Jamal sonrió. Miró al señor González y comprendió que lo decía en serio.

—Sí.

—Entonces te daré una oportunidad —dijo el señor González, colocando su mano sobre el hombro de Jamal.

CAPITULO XII

Jamal comenzó a trabajar el sábado. Debía entregar paquetes y ayudar en la tienda desde las diez de la mañana hasta la una de la tarde.

—Te pagaré quince dólares —había dicho el señor González—. Y puedes ganar algo más con las propinas. Pero debes ser amable con la gente. No seas insolente.

Jamal dividió dos mil por quince. El resultado era ciento treinta y tres. Si solamente trabajaba los sábados, le tomaría más de dos años reunir el dinero necesario para liberar a Randy.

—Si trabajaras todos los días —preguntó Sassy—, ¿cuánto tiempo te tomaría?

—El señor González no necesita una persona todos los días —dijo Mama—. Basta con que Jamal nos ayude un poco.

Jamal pensó en otras cosas que podría hacer con dos mil dólares. Una de ellas era comprar un automóvil. No podría conseguir uno nuevo, pero sería suficiente para comprar uno usado.

—Mama, ¿sabes conducir?

—Claro que sí —respondió Mama.

—Si consiguiera dos mil dólares podríamos comprar un automóvil —dijo Jamal.

—¿Y para qué necesitamos un automóvil? —preguntó Mama.

Jamal se encogió de hombros. La idea de tener un automóvil lo hacía sonreír. Tal vez no pudiera conseguir uno nuevo, pero podía conseguir uno casi nuevo. Se imaginaba al volante. En dos años tendría catorce años y todavía no podría obtener una licencia de conducir, pero podía dejar que Mama lo hiciera; se sentaría a su lado y Sassy iría en la parte de atrás. Quizás podrían viajar hasta el lugar donde se encontraba Randy. Randy miraría por la ventana y lo vería en el automóvil. Estaría en el sitio del conductor.

Entregó dos cajas de comestibles entre las diez y las diez y media. La primera señora le dio veinticinco centavos, y el hombre, un anciano delgado que caminaba con ayuda de un bastón, le dio un dólar. Cuando no estaba acarreando abarrotes, subía cajas de conservas del sótano y las colocaba sobre los anaqueles.

Se sentía bien por tener un empleo. Cuando la

gente entraba en la tienda, se dirigía a él. Preguntaba, por ejemplo, dónde estaba el pan, o cuánto costaba un paquete de salchichas. No sabía todas las respuestas, pero sí algunas, y le agradaba que lo interpelaran.

Los envíos a domicilio eran escasos. Una señora compró una caja entera de cosas pesadas que deseaba llevar a casa, y Jamal pensó que no podría cargarla hasta allí.

Había intentado ponérsela al hombro, pero le dolía mucho. Luego probó llevarla en la cabeza, como había visto hacer a algunos africanos en la televisión, pero esto fue aún peor. Le dolía terriblemente la cabeza, y los brazos también, al sostenerla. Sin embargo, no dijo nada porque no quería perder el empleo.

—Eres el chico más débil que he visto en mi vida —la mujer, morena y muy maquillada, se secó la transpiración que le corría por el rostro—. ¿Te drogas?

—No señora.

—Entonces, ¿por qué estás tan débil?

—No estoy débil —respondió Jamal, intentando caminar más erguido.

Llegaron al apartamento de la señora en la calle 123, y Jamal pudo ver que se trataba de un edificio de cuatro pisos.

—¿Tienen ascensor en este edificio?

—¿Por qué? ¿Te da pereza subir a pie?

—Sólo por curiosidad.

La señora permaneció en silencio, pero atravesó el pasillo y comenzó a subir las escaleras. Jamal la siguió.

Las escaleras eran muy empinadas. La primera vez que había subido un tramo largo de escaleras, había estado a punto de dejar caer el paquete dos veces. Ahora tenía una nueva técnica. Subía cinco escalones y luego ponía el paquete en el suelo, descansaba un momento y repetía la operación.

—Si se malogran mis compras, tendrás que pagarme por ellas —dijo la mujer.

—Sí señora.

La mujer vivía en el cuarto piso y ordenó a Jamal poner la caja sobre la mesa de la cocina. Luego tomó un frasco donde guardaba las monedas y sacó una.

—¿Diez centavos? —Jamal miró la moneda.

—¿No los quieres?

Jamal tomó la moneda y se dispuso a marcharse.

—Y cuando vea al señor González le diré que te despida porque estás demasiado débil.

Jamal sacudió la cabeza y se encogió de hombros.

—Sí señora.

—Regresa, muchacho —dijo la mujer. Tomó el frasco de nuevo y reunió más monedas hasta completar un dólar; luego se las dio a Jamal.

—Gracias —sonrió Jamal.

—Ahora sí muestras los dientes, ¿verdad?

Jamal se abalanzó escaleras abajo tan rápido como pudo. La señora estaba en lo cierto; era un poco débil. Acarrear todos esos paquetes lo haría más fuerte.

Al mediodía había hecho todas las entregas y se ocupaba de poner orden en la tienda. El señor González invitaba a muchos de sus amigos, y la mayor parte del tiempo jugaban al dominó. Cuando deseaban algo, Jamal debía proporcionárselo. El señor González no deseaba siquiera atender a sus clientes. Jamal lo hacía. Era la parte más agradable de su trabajo.

—Oye, ¿trabajas aquí? —Jamal estaba colocando cajas de pasta sobre los anaqueles. Miró hacia abajo y vio a Sangre. Estaba vestido con los colores de los Escorpiones.

—Sí, algunas veces —respondió Jamal.

—No sabía que tenías un empleo —dijo Sangre—. Qué bueno.

—No es nada especial —dijo Jamal—. ¿Qué quieres?

—Dame una barra de chocolate y un paquete de cigarrillos —dijo Sangre.

Jamal tomó el chocolate de la caja que se encontraba sobre el mostrador y buscó los cigarrillos en el anaquel posterior. Miró al señor González para ver si lo observaba. No lo hacía.

—Es un dólar con setenta centavos —dijo.

—Debo decirle a Indio que trabajas aquí —

dijo Sangre mientras ponía dos dólares sobre el mostrador—. Te está buscando.

—¿Y para qué?

—Lo sabrás cuando te encuentre.

Sangre tomó el papel del chocolate y lo tiró sobre el mostrador. Tomó su dinero y se marchó.

Jamal respiró profundamente. El señor González continuaba jugando dominó. No había notado que Sangre había estado en la tienda. Jamal supuso que en cuanto Indio lo supiera, se vería en problemas.

Tito vino a casa de Jamal el domingo después de misa. Sassy jugaba en la calle y Mama se encontraba en la ventana, conversando con la señora Billinger.

—Jamal, ahí viene Tito —dijo Mama—. Se ve como un desecho.

Jamal se paró en el espacio que había entre Mama y el marco de la ventana y vio cómo Tito se acercaba calle abajo. Caminaba a lo largo del edificio, con la cabeza baja.

—Bajaré —dijo Jamal.

—¡No bajarás con tu vestido nuevo! —exclamó Mama.

—No lo ensuciaré.

—Lo sé, porque no bajarás con él —dijo Mama.

Jamal entró en la habitación de Sassy, tomó su ropa del cajón de la alacena y comenzó a cambiarse. Se puso sus pantalones viejos y sus zapatos de gimnasia, recordó que Mama no le permitiría salir con ellos en domingo y comenzó a buscar los zapatos del colegio. Estaba poniéndose el segundo cuando Tito golpeó en el puerta.

—¿Qué sucede? —murmuró Jamal.

—La abuela encontró la pistola.

—¡Hombre!, y ¿qué dijo?

—Dijo que me marchara —los ojos de Tito estaban enrojecidos e inflamados—. Dijo que ni siquiera rezaría por mí.

—¿Dónde está la pistola ahora?

—¿Jamal? —Mama se apartaba de la ventana—. ¿Qué le sucede a Tito?

—Nada.

—¿Nada? ¡No te creo! —Mama estaba sentada en la silla más acolchonada—. Tito, ven acá, hijito.

Tito permaneció inmóvil. Mama colocó las manos sobre el brazo de la silla y se puso de pie. Se dirigió hacia donde se encontraba Tito, de cara a la pared cerca de la habitación de Sassy y, rodeándolo con los brazos, lo abrazó.

—¿Qué te ocurre? Vamos, sabes que puedes confiar en mí —dijo Mama.

—La abuela ordenó que me marchara y que no regresara —dijo Tito.

—¿Qué dijo?

—Dijo —Tito temblaba— que no regresara nunca más.

143

—Jamal, ¿tienes algo que ver con esto? —preguntó Mama.

—No, yo estaba en casa.

—Tito, cariño, mira. A veces... Acércate a la ventana para que pueda verte mejor —Mama tomó a Tito de la mano y lo llevó a la silla. Se sentó y lo atrajo hacia sí; él se reclinó a su lado—. Tito, algunas veces las mujeres debemos ser más duras con los chicos de tu edad, aun cuando no lo deseamos. Tú lo sabes, y yo también. Tu abuela y yo nos esforzamos mucho, pero sólo Dios sabe cuán difícil es. Decimos cosas que no pensamos, porque las que pensamos serían demasiado hirientes. Todo se arreglará; tu abuela te quiere más que a su propia vida.

Jamal cambió de posición.

—¿Quieres que te acompañe a casa? —preguntó Mama—. ¿Qué hiciste, hijito?

—Nada.

—Bueno, si era tan terrible como para que tu abuela te echara de casa, supongo que no deseas decírmelo.

Jamal vio cómo su madre miraba a Tito a los ojos, y luego se aproximaba con una sonrisa para que él no notara que olía su aliento.

—Jamal, ¿tienes hambre? —Mama guiñó el ojo a Jamal.

—No, señora.

—Muchacho, no has comido ni una gota de...

Bien, deben comer algo de todas maneras —dijo Mama—. Siéntense a la mesa mientras preparo algo.

Jamal y Tito se sentaron a la mesa. Jamal miraba a Tito. Tito permanecía con la cabeza baja.

Jamal rogaba mentalmente a Tito que no le contara a Mama que la abuela había encontrado la pistola.

Mama preparó dos platos de cola de buey con arvejas, papas hervidas y salsa.

Sassy llegó a casa, vio a Tito y observó que había estado llorando.

—¿Qué te ocurre? —preguntó.

—No seas indiscreta —dijo Mama.

Después de comer, Mama preguntó a Tito si deseaba que lo acompañara a casa. Respondió que no y ella le ordenó a Jamal que lo hiciera.

—Y no te preocupes, cariño —dijo Mama—. Tu abuela se pondrá feliz de verte, porque te ama. Eso no significa que no esté enfadada por lo que hiciste, pero todavía te ama. Y si no te amara, no tendría ninguna razón para estar enojada.

—¿Crees que llamó a la policía?

Tito se encogió de hombros.

—Debemos recobrar la pistola —dijo Jamal.

—Quizás la haya tirado —dijo Tito.

—¿Le dijiste dónde la conseguí?

—No.

—¿Qué dijiste?

—Que la había encontrado en la escuela —respondió Tito.

—¿Dijiste que eras tú quien tenía la pistola?

—Sí.

—Hombre...

—Comenzó a hablar en español y todo —dijo Tito—. Luego comenzó a rezar, y luego me ordenó que me marchara y que nunca regresara. Dijo que no deseaba...

Tito rompió a llorar de nuevo.

—¿Dónde está la pistola?

—En el refrigerador.

—¿En el refrigerador? ¿Por qué la puso allí?

—No lo sé. La tomó como si fuera una serpiente, o algo así. Como si no deseara tocarla.

—¿Por qué no le dijiste que ibas a deshacerte de ella? —preguntó Jamal.

—No quería decirle nada.

—¿Por qué?

—Estaba llorando —dijo Tito—. Detesto verla llorar, Jamal. Cuando llora, se ve muy rara. Me dan ganas de llorar también, y me siento mal.

—Tito, debemos recobrar la pistola —dijo Jamal—. Si la lleva a la policía, entonces quizás debamos... No lo sé.

—¿Qué quieres hacer?

—Recobrar la pistola.

—No puedes herir... No permitiré que hieras a la abuela.

146

—¡No lo haré! ¿Cómo puedes pensar eso? —dijo Jamal enfurecido.

Llegaron a casa de Tito y subieron sigilosamente las escaleras. Tito lloraba de nuevo.

—Jamal, no tengo la llave —Jamal se encogió de hombros—. Quizás diga que uno de mis amigos pertenece a la policía y que se la puedo entregar; que él se encargará de ella y todo estará bien.

—¿Cómo le dirás eso? Sabrá que estás mintiendo.

—¿Qué otra cosa podemos hacer?

—Esa pistola ha causado muchos problemas.

Llegaron al piso donde vivía Tito, y éste se sentó al lado de la puerta. Jamal no dijo nada. Aguardaba a que Tito recobrara su compostura.

Tito permaneció inmóvil largo rato. Jamal se acercó a la puerta y la empujó con suavidad.

—¡Tito! —susurró.

Tito lo miró y vio que la puerta estaba abierta.

Tito se acercó y la abrió quedamente. Luego entró y miró a su alrededor. Jamal se encontraba justo detrás de él. La abuela no se veía por ninguna parte.

—Quizás salió —murmuró Jamal.

Tito se dirigió a su habitación y vio que la puerta estaba cerrada. Puso su oído contra la puerta. Luego hizo una seña a Jamal. La abuela estaba en la habitación, rezando.

Jamal se dirigió al refrigerador. Lo abrió. Allí estaba la pistola, al lado de un plato cubierto. La tomó; estaba fría y parecía más pesada que antes. La metió en su bolsillo.

Se encaminó a la puerta. En un segundo se encontraba en el pasillo y se dirigía hacia la escalera. Se detuvo y se volvió hacia el lugar donde se encontraba Tito, quien lo miraba detrás de la puerta entreabierta.

Jamal regresó y abrió la puerta. Tomó la mano de Tito y la mantuvo en las suyas por un rato.

—¡Vete, Jamal! —suplicó Tito—. ¡Vete antes de que salga!

—Eres el mejor amigo del mundo, Tito —dijo Jamal.

Se marchó. Deseaba decir algo más, pero no conseguía pensar en nada.

Mucho antes de llegar a Saint Nicholas se dijo a sí mismo que lo mejor sería deshacerse del arma. Pero una parte de él sabía que no lo haría.

CAPITULO XIII

Había una pregunta en el examen de ciencias sociales que Jamal no supo responder. Era acerca de la guerra de 1812 y acerca de las guerras contra los franceses y contra los indios. Recordaba vagamente que el señor Hunter se había referido a ellas, pero no parecía muy interesante. Pero no fue el único que respondió todo mal. Christian también se había equivocado. Por esta razón se encontraban ambos en la oficina del señor Davidson. Oswaldo Vázquez estaba allí también.

—¿Qué hiciste? —preguntó Christian.

—Le lancé una bolita a una chica durante la lectura —dijo Ozzie—. Pero ella se agachó y le di a la profesora.

—Debieran enviarla a la oficina por agacharse —dijo Christian.

El señor Davidson los hizo entrar a todos a la vez.

—Christian, debes quedarte castigado todas las tardes hasta la próxima semana —dijo sin levantar la mirada—. Lo mismo tú, Oswaldo. Pueden retirarse y no olviden reportarse a partir de hoy a las tres y cinco.

—¿Cuánto tiempo debemos permanecer allí? —preguntó Christian.

—Hasta cuando se les ordene retirarse —respondió el señor Davidson.

—Mi madre necesita saber dónde estoy después de la escuela —dijo Christian—. Debo saber a qué hora regresaré, o de lo contrario no podré permanecer en la escuela.

—Permanecerás hasta las tres y media —respondió el señor Davidson—. Pueden retirarse ustedes dos.

Cuando Christian y Oswaldo se marcharon, el señor Davidson indicó la banca de madera que había en su oficina. Jamal tomó asiento.

Sonó la campana y se escucharon los anuncios de la mañana: «Quienes no hayan entregado su trabajo de campo deben hacerlo antes del miércoles. Quienes deseen pertenecer al equipo de ajedrez, deben acercarse al salón 308 a las dos de la tarde. Deben traer un permiso del director de grupo. El equipo de baloncesto femenino tendrá su primera práctica esta tarde en el gimnasio. Deben llevar los zapatos de gimnasia».

Sonó la campana de nuevo; Jamal podía escuchar el ruido de los chicos en los pasillos. El señor Davidson revisaba los papeles que tenía sobre el escritoro sin mirar a Jamal.

—Señor Davidson —se escuchó la voz de la señorita Rose—. Dwayne está aquí.

Dwayne entró acompañado de una mujer alta, corpulenta. Usaba lentes, pero Jamal vio que se parecía a Dwayne. La mujer miró a Jamal, fijando sus ojos en él mientras él, a su vez, la miraba.

—¿Es él? —preguntó.

Dwayne asintió.

—¿Quieres repetir lo que has dicho, Dwayne? —el señor Davidson cerró el bolígrafo rojo que tenía en la mano y se recostó en la silla.

—Tenía una pistola —murmuró en voz baja Dwayne.

—Quiero oír toda la historia —dijo el señor Davidson.

—No entiendo por qué no ha llamado usted a la policía —dijo la mujer.

—Señora Parsons —el señor Davidson se quitó los lentes—, si es posible demostrar que los cargos son verdaderos, llamaré a la policía. No puedo llamarla teniendo como base la palabra de un chiquillo. Es así de sencillo.

—Amenazó a mi hijo con una pistola, ¿y usted

dice que no puede llamar a la policía? —la señora Parsons se puso de pie.

—Tal vez tenga usted los medios para financiar un juicio, en caso de una demanda por acusar a este muchacho de algo que en realidad no hizo —dijo el señor Davidson—. Yo no puedo poner a la escuela en la misma situación.

La señora Parsons se pasó la lengua por los dientes y apartó la mirada.

—Continúa, Dwayne —dijo el señor Davidson.

—Me estaba importunando durante la clase y luego nos peleamos en el depósito —la voz de Dwayne era apenas audible—. Luego sacó una pistola.

—¿Jamal?

—Todos en la clase — incluyendo a Darnell, a Tamia, a Christian, todos — pueden decirle que era él quien buscaba una pelea. Dijo que me daría una paliza en el depósito. Primero tuvimos una pelea fuera de la escuela; al día siguiente dijo que me golpearía en el depósito. Puede preguntárselo a cualquiera —dijo Jamal.

—¿Qué sucedió en el depósito?

—Nos peleamos.

—¿Y había una pistola? —preguntó el señor Davidson.

—No había ninguna pistola —dijo Jamal—. Sólo se enojó porque le rasgué la camisa.

—¿Para qué iba a decir Dwayne que él tenía una pistola si no fuera cierto? —dijo la señora Parsons. Jamal vio que estaba enfadada.

—¿Y por qué quería Dwayne pelear conmigo? —preguntó Jamal.

—¡No me dirigía a usted! —la señora Parsons elevó la voz.

—La política de la escuela es la de no levantar cargos precipitadamente —afirmó el señor Davidson.

—La política de la escuela es no hacer escándalos —dijo la señora Parsons—. No enviaré a mi hijo a la escuela para que lo mate éste u otro pandillero. Veré a un abogado esta tarde.

—Está usted en su derecho...

La Mama de Dwayne se había levantado y había salido, llamando a Dwayne. Dwayne se puso de pie, sin mirar a Jamal, y salió.

—Tu madre debe acompañarte mañana a la escuela —dijo el señor Davidson a Jamal—. Permanecerás en el comedor todos los días hasta que ella venga, ¿me entiendes?

—No puede venir —respondió Jamal—. Debe trabajar.

—Entonces permanecerás en el comedor —dijo el señor Davidson—. Estoy seguro de que no te perderás de nada. Ve ahora mismo al comedor y repórtate al señor Singh. Hablaré con él y te estaré aguardando.

El señor Singh era la persona a quien se enviaban los chicos que tenían problemas graves. Algunos de los chicos mayores decían que los golpeaba, pero Jamal no lo creía. Sí creía que era fuerte y malvado. Una vez había hecho llorar a uno de los chicos.

—¿No podría ir más bien al salón de arte?

—¿Al salón de arte? ¿No comprendes nada, Jamal?

—¡Yo no tenía ninguna pistola en la escuela!

—Espero que no —dijo el señor Davidson—. Por tu bien, pues no creo que cambies. Pero aprecio demasiado esta escuela para permitir que la malogres para otros chicos.

—¿Para qué desea ver a mi madre?

—Espero convencerla de que te saque de la escuela —dijo el señor Davidson—. Quizás te lleve a una escuela para chicos con problemas, o a alguna donde no contamines a los demás. ¡Ahora, vete inmediatamente al comedor!

Jamal se dirigió al primer piso y luego a su salón. Tomó su chaqueta del locker y abandonó la escuela.

—¡Jamal! —Sassy llamaba desde su habitación.

—¿Qué quieres?

—Llamó una señora de la escuela y dijo que te habías marchado a mediodía.

—¿Se lo dijo a Mama?

—No, me lo dijo a mí.

—¿Qué dijiste?

—Que ya lo sabíamos, que Mama estaba en casa cuando habías llegado.

—¿Qué dijo la señora?

—Algo, no recuerdo. ¿Por qué te marchaste?

—Quieren meterme en problemas.

—¿Se lo dirás a Mama?

—No, y tú tampoco. ¿Está bien?

—Mama dijo que Tito estaba llorando cuando vino el domingo.

—Ya se encuentra bien.

—¿Te escaparás con él?

—No. ¿Por qué no te vas a la cama?

La abuela estaba enferma. Tito dijo que al comienzo no le hablaba, pero que luego él notó que estaba enferma.

—No preguntó siquiera dónde estaba la pistola —dijo Tito. Caminaban bajo los trenes elevados a lo largo de Broadway.

—Quizás sólo está enojada todavía.

—No, está enferma —dijo Tito—. Ven a casa.

Eran cerca de las siete de la noche cuando llegaron a casa de Tito. Entraron y se sentaron en la cocina. Tito miró a su alrededor y señaló hacia la habitación de la abuela.

—Ve y averigua cómo se encuentra —dijo Jamal.

Tito miró a Jamal durante un momento, luego se levantó y se dirigió a la habitación de la abuela.

Jamal miró el reloj de la pared. Sobre éste había una tarjeta con el horario de las misas.

La casa de Tito era diferente de la suya. Todo parecía más viejo, pero lucía muy bien. Había un jarro lleno de lápices sobre un escritorio de madera oscura. La vajilla era muy bonita; la que usaban para comer era blanca, con una orla roja. Pero había otra, que la abuela había traído de Puerto Rico hacía muchos años. Tenía dibujada una pareja, que parecía de la época de George Washington, pero ambos tenían el cabello oscuro y el hombre sostenía un violín. En la pared colgaba una bandeja con el mismo motivo.

Jamal vio una hoja de papel sobre el escritorio. La tomó y observó que estaba limpia por ambos lados. Tomó uno de los lápices y comenzó a dibujar el motivo de la vajilla.

Había terminado una de las figuras, y no estaba mal, cuando Tito salió de la habitación. La abuela estaba con él.

—Hola, Jamal —la voz de la abuela era débil—. ¿Cómo estás?

—Muy bien.

—¿Ya cenaron?

—Sí señora —dijo Jamal—. ¿Cómo se siente?

—No muy bien. Pero sabes que ya no soy una niña.

—Espero que se sienta mejor —dijo Jamal.

—¿Te gusta dibujar? La abuela tomó el dibujo de Jamal y se sentó.

—Sí señora.

—¡Dibujos! A los niños les gusta dibujar. Desearía que Tito lo hiciera. Que dibujara como los niños.

—Tito no sabe dibujar —observó Jamal sonriendo.

—No importa —la anciana se levantó y se encaminó de nuevo a su habitación.

—¿Te sientes bien, abuela?

—Estoy fatigada —respondió—. ¡Tan fatigada!

—¿Deseas algo, abuela? —preguntó Tito.

Los chicos la miraron mientras se dirigía a la puerta. Se detuvo y se volvió hacia ellos.

—Jamal, dime que Tito es un buen chico.

—Tito siempre es bueno —dijo Jamal—. Nunca hace nada malo. Verdad que no.

—Qué bueno saberlo.

Cuando Jamal llegó a la tienda, Indio y Angel lo aguardaban. Indio estaba sentado sobre el mostrador, y el señor González se hallaba en medio de la tienda con un bate de béisbol en la mano.

—¿Son amigos tuyos? —el señor González miraba a Indio.

—¿Qué hacen aquí? —preguntó Jamal.

—Vengo a retarte —dijo Indio—. Si deseas ser el jefe de los Escorpiones, tienes que actuar como un jefe de verdad, no como un idiota. ¿Puedes hacerlo?

Jamal miró al señor González, quien permanecía con el bate en la mano.

—No quiero problemas en la tienda —dijo Jamal.

—Sí, claro, si miras a tu alrededor para ver qué se tambalea, todo lo hace, pero te diré algo. Indio es el jefe. Así como lo digo, pero te daré una oportunidad, ¿me entiendes?

—Prosigue.

—El panadero necesita un muchacho, ¿me entiendes? Tenemos que decidir quién es el jefe para que el panadero no se confunda.

—Ahora no puedo hablar de esto —dijo Jamal.

—¿No? Está bien, pero hazme saber cuándo puedes y no tardes, pues no dispongo de mucho tiempo.

Indio tomó un puñado de confites del mostrador. Jamal se dio cuenta de que parecía drogado. Vio cómo se alejaba del mostrador y caminaba lentamente hacia el centro de la tienda. Se detuvo en la mesa donde se hallaban los otros jugadores de dominó e hizo caer las fichas al suelo.

Indio abandonó la tienda, rozando a un chico que entraba con una botella bajo el brazo. Angel se detuvo a la entrada y formando una pistola con el puño, la sacudió dos veces en dirección de Jamal.

—Tu hermano ya no está. Eres el próximo.

*   *   *

Jamal permaneció en silencio cuando el señor González le dijo que debía marcharse. Ni siquiera lo culpó. El señor González se disponía a pagarle, y uno de los jugadores de dominó quiso impedírselo.

—No le des nada —dijo—. ¿Viste lo que tomarón? No pagaron ni un centavo.

—No quiero tener ninguna deuda —dijo el señor González.

Le entregó a Jamal veintiún dólares.

—Mira, quiero darte un consejo —la voz se le quebró mientras hablaba—. Esos chicos irán a la cárcel. Aléjate de ellos.

Jamal abandonó la tienda. Tenía veintiún dólares en el bolsillo. Era la primera vez que recibía un salario por su trabajo, y ahora había perdido su empleo. Indio y Angel se lo habían arrebatado. Eran mayores y más fuertes. El lo sabía y ellos también. Todo el mundo lo sabía. Incluso los jugadores de dominó lo sabían. Si el señor González no hubiera querido pagarle, no tendría que haberlo hecho. Jamal se detuvo en la esquina y golpeó la pared con el puño hasta que no pudo soportarlo más.

CAPITULO XIV

En cuanto abrió la puerta, Jamal supo que algo sucedía. Las luces estaban apagadas y Sassy estaba sentada en la oscuridad.

—¿Dónde está Mama?

—Tuvo que ir al hospital. Randy fue apuñalado.

Jamal miró a Sassy, luego regresó a la puerta para asegurarse de que estaba puesto el cerrojo. Lo que había dicho Sassy no tenía sentido.

—¿Fue apuñalado en la prisión? —preguntó Jamal.

—Sí, fue apuñalado en la prisión.

—¿Se encuentra bien?

—No lo sé. Mama recibió una llamada de la prisión y se marchó inmediatamente. Dejó cuatro dólares para la cena. Dijo que si no regresaba esta noche o si algo sucedía, llamáramos al señor Stanton.

—¿Estaba muy alterada?

—Sí.

—¿Creen que Randy morirá?

—No lo sé. Gasté un poco de dinero.

—¿Los cuatro dólares?

—Sí. Compré algo para la cena.

—¿Cuánto dinero tenía Mama?

—No lo sé. ¿Quieres que prepare la cena? Puedo hacerlo.

—Está bien.

Sassy se levantó, encendió la luz y comenzó a preparar la cena. Jamal encendió el televisor. No quería pensar que Randy había sido apuñalado. No quería pensar que algo le ocurriría a su familia.

Se sentía muy pequeño, como solía sentirse a menudo. Pequeño y débil. Intentó concentrarse en la televisión. El programa que presentaban era acerca de gente blanca que había vivido hacía tiempo. Había algunos chicos, y Jamal se preguntaba si podría vencerlos. No estaba seguro. Cualquiera podía decirle cualquier cosa, o hacerle cualquier cosa. No creía que importara el hecho de que todavía no fuera un hombre. La mayoría de los hombres que conocía no estaban mejor que él; sólo hablaban más fuerte.

Pensó en Indio. Quizás sabía que Randy había

sido apuñalado. ¿Qué había dicho? *Tu hermano ya no está. Eres el próximo.* Luego Angel había fingido disparar contra Jamal. No quería pelear con Indio. No podría vencerlo aunque lo intentara. Ni siquiera podía vencer a Dwayne, y éste sólo era un chico comparado con Indio.

No podía hacer nada. No podía cuidar de Mama, no sabía qué hacer respecto a Randy. Nada. Ni siquiera había logrado que Indio y Angel abandonaran la tienda, y ahora había perdido su empleo. Sus planes para ahorrar dinero habían desaparecido también.

Sassy bajó el fuego a la olla en que cocinaba el pollo.

—¿Sabes? Vi a Darnell hace poco y me preguntó si tú eras el jefe de los Escorpiones.

—Lo soy.

—También dijo que tenías una pistola en la escuela.

—Yo no tenía ninguna pistola.

—Dijo que te habías peleado con un chico y que tenías una pistola.

—Presume tanto que no sabe de qué está hablando.

—Te meterás en problemas como Randy.

—¿Por qué, porque Darnell miente todo el tiempo? ¿Por qué lo conoces?

—Si alguna vez asistieras a la iglesia, sabrías que la hermana Jenkins es su abuela.

—¿La hermana Jenkins es la abuela de Darnell?

163

—¿Qué te acabo de decir?

—No lo sabía.

—¿Tienes una pistola?

—Te dije que no.

—¿Dónde está?

—¡No seas tonta! —Jamal se levantó, tomó su chaqueta y se dirigió a la puerta.

—Si está aquí, la encontraré.

Jamal se volvió y miró a Sassy. Tomó asiento en el sofá. Sassy abrió algunos de los paquetes de salsa de soya que venían con la comida china, y vertió el contenido sobre el pollo.

—Estoy pensando deshacerme de esa pistola.

—¿Es la misma con la que Randy mató al hombre?

—No lo sé.

—¿La has tenido todo el tiempo?

—Mack me la entregó.

Sassy puso el agua para preparar el arroz y comenzó a dar vuelta al pollo.

—¿Puedo verla?

—Está en casa de Tito —dijo Jamal.

Sassy terminó de preparar la cena. Había hecho arroz, arvejas y pollo asado. El pollo estaba un poco salado, pero sabroso. Luego miraron televisión durante un rato, hasta que Sassy se quedó dormida al otro extremo del sofá.

Todo lo que podía hacer le vino a la mente. Podía tomar la pistola cuando Sassy se fuera a la cama, y deshacerse de ella. Podía esconderla en

164

algún lugar. Podía devolverla a Mack y decirle que no quería ser el jefe de los Escorpiones. Eso era. Podía esconder la pistola y decirle a Mack que ya no quería formar parte de los Escorpiones.

—¡Oye, Sassy!

Sassy no se movió; Jamal se deslizó hacia ella y la sacudió suavemente.

—¡Oye, Sassy!

—¿Qué sucede? —susurró.

—¡Sassy, despierta!

Sassy abrió los ojos, se limpió la boca con el dorso de la mano y dijo que no estaba dormida.

—Oye, hazme un favor, ¿está bien?

—¿Qué? —puso los pies sobre el suelo.

—No le digas nada a Mama acerca de la pistola. Esta noche la sacaré de aquí y la tiraré. ¿Está bien?

—Dijiste que estaba en casa de Tito.

—No se lo digas a Mama, ¿está bien?

—¿Por qué la trajiste?

—¿Se lo dirás a Mama?

—No lo sé.

—Siempre haces lo mismo —dijo Jamal—. Se lo dices todo y la enojas, y cuando comienza a llorar o está triste, le pides disculpas.

—Tú eres el que está en problemas todo el tiempo.

—Lo único que no hago es hacer sufrir a Mama.

—No lo sé. Quizás se lo diga, quizás no.

—No eres nada. No eres de la familia. Porque si lo fueras...

—No me grites sólo porque tienes una pistola.

—Las pistolas no son tan malas como tú.

—No le he disparado a nadie.

—Si no fuera por quienes delataron a Randy — bocones como tú — ni siquiera estaría ahora en la cárcel.

—¡Tú mismo dijiste que no te importaba que estuviera preso!

—¿Por qué no se lo dices a Mama para que se enoje más?

Sassy rompió a llorar.

—Dile también que te hice llorar —dijo Jamal —. ¡Entonces le dará jaqueca y podrás sentirte feliz!

Presentaban una película tonta acerca de una chica que deseaba hacer parte de un equipo de baloncesto. Jamal deseaba tomar la pistola y deshacerse de ella antes de que llegara Mama, pero antes deseaba asegurarse de que Sassy no se lo diría.

—Voy a deshacerme de ella.

Sassy no respondió.

—La única razón por la que la llevé a la escuela es porque Dwayne siempre me busca pelea —dijo Jamal—. Es mucho más grande que yo. Mucho más.

—¿Le disparaste?

—No. ¿Se lo dirás a Mama?

—Darnell dijo que tú decías que eras el jefe de los Escorpiones.

—Debe pensar que él es el *Daily News* o algo así.

Jamal apartó el cojín del sofá y buscó hasta encontrar la pistola.

—Voy a deshacerme de ella ahora mismo. Dile a Mama lo que quieras.

—Déjame ver.

—No.

—Si no puedo verla, se lo diré todo —dijo Sassy.

—Díselo —dijo Jamal—. Quizás me envíen a prisión también. Tendrás toda la casa para ti.

Jamal se puso la chaqueta y metió la pistola en el bolsillo cuando escuchó la llave en la cerradura. Miró a Sassy, y colocó la pistola de nuevo en el sofá. Acababa de colgar su chaqueta en el armario cuando entró Mama.

—¿Cómo se encuentra Randy? —preguntó Jamal.

—Creen que sobrevivirá —respondió Mama.

—¿Qué sucedió?

—Lo apuñalaron —dijo Mama. Su cabello estaba en desorden, lucía ralo en algunas partes—. Dice que no sabe quién lo hizo. El funcionario de la prisión dijo que siempre dicen lo mismo, porque saben que tendrán que vérselas después con quienes lo hicieron.

—¿Viste a Randy, Mama? —preguntó Sassy.

—Sí, lo vi. Tiene tubos y vendajes por todas partes...

Mama abrió la boca y emitió un sonido ronco. No era llanto. Era como la queja de un animal herido. Sassy se sobresaltó. Jamal corrió hacia ella. La rodeó con sus brazos. No acostumbraba a llorar así. Recordó haberla escuchado llorar cuando se encontraba a solas en su habitación, pero nunca de esa manera.

Sassy apagó el televisor.

Mama respiró profundamente y se aferró al brazo de la silla con fuerza.

—Mama, ¿te encuentras bien? —preguntó Sassy.

—Estoy bien —dijo Mama—. Debo sacar a Randy de la prisión antes de que lo maten. Sé que debo hacerlo.

Se escucharon pasos en el pasillo y Jamal se aseguró de que el cerrojo estuviera en su lugar.

Se escuchó un golpe en la puerta.

—Le pedí al reverendo Biggs que viniera esta noche a rezar con nosotros por Randy —dijo Mama.

Sassy se acercó a la puerta y preguntó quién era. La voz del reverendo Biggs se escuchó a través de la cubierta de hojalata de la puerta, y Sassy abrió.

—¿Cómo está el muchacho, hermana Hicks? —el reverendo Biggs era un hombre alto y fornido, de piel bronceada, que se inclinaba un poco al caminar. Usaba gruesos lentes que hacían lucir pequeños sus ojos, y nunca tenía el cabello en su lugar. Sin embargo, a Jamal le agradaba mucho su voz. Era fuerte, profunda, cálida; parecía llenar la habitación cuando hablaba.

—Lucha por su vida, reverendo —respondió Mama—. Espero que Dios pueda ayudarle.

—Entiendo —el reverendo se despojó de su abrigo—. Y si yo puedo comprender cómo se siente, usted sabe que el Señor también.

—Amén.

—Cuénteme lo ocurrido.

—No lo saben a ciencia cierta —dijo Mama—. Hubo una pelea y alguien lo apuñaló.

—¿Los guardias lo hicieron?

—No, algunos de los prisioneros —dijo Mama.

—¡Dios tenga piedad!

Jamal miró a Sassy. Estaba sentada cerca del televisor, pero miraba a Mama. Jamal sabía que si Mama continuaba sollozando, Sassy también rompería a llorar.

—Usted sabe, reverendo, Randy nunca siguió por el buen camino —dijo Mama—. Y sé que lo condenaron por haber quitado la vida a alguien, pero esto no significa que no sea mi hijo.

—A veces las hierbas que tomamos son amargas, hermana, pero debemos hacerlo. Lo importante es que, aun cuando su corazón esté con su hijo en el hospital, usted se ocupe también de su familia. No podemos permitir que los malos perjudiquen a los buenos.

—Amén —Mama rompió a llorar de nuevo.

—A menudo, cuando las situaciones se tornan difíciles, nos concentramos en las dificultades, en aquellas cosas que nos alteran, y no vemos nuestras fortalezas.

—Intento llevar a estos muchachos por el buen camino —dijo Mama.

Jamal se levantó un poco del cojín para alisarlo y alcanzó a ver una cucaracha que se deslizaba por la hendedura de la amarillenta pared de la cocina. Cuando había avanzado hasta la mitad de la pared, como si supiera a dónde se dirigía, giró y se perdió detrás del lavaplatos.

—Diremos algunas palabras por Randy y pediremos a Dios que sea misericordioso con él. Entremos todos en la cocina y permanezcamos de pie durante un minuto —dijo el Reverendo Biggs—. No creo que sea preciso ponernos de rodillas. De todas maneras, Dios no contempla nuestras rodillas, sino nuestros corazones.

Jamal y Sassy entraron en la cocina. Jamal estaba de pie al lado del refrigerador, Sassy cerca de los fogones.

—Inclinen la cabeza, hijos míos —el Reverendo Biggs se hallaba sentado a la mesa al lado de Mama, y sostenía sus manos entre las suyas.

—Señor Jesús, nos encontramos aquí reunidos a media noche, tristes y apesadumbrados. Nuestros corazones están acongojados y la copa de nuestra alma desborda de pena. Esta noche, Señor, rogamos por la familia de la hermana Hicks. No sólo por su hijo cuyo destino está en la palma de tu mano, sino por toda su familia. Te rogamos que preserves sus vidas y los protejas de todo mal, Señor. Te pedimos que tu misericordia descienda sobre ellos para que sus corazones encuentren la paz que sólo tú puedes conceder. Señor, retira esta carga del corazón de una madre, pues cuando dio a luz a Randy en el dolor, cuando vio que había traído al mundo otro niño hombre, se levantó de su lecho con gran esperanza. Permite que se levante de nuevo con esperanza, Señor Jesús. Permite que anticipe con alegría el día en que pueda envejecer y contemplar a sus hijos con orgullo y con amor. Permite que ella y su familia encuentren el camino hacia ti en las obras y en la oración, y dales la fortaleza necesaria para perseverar en tu gracia de ahora en adelante, mientras nos unimos a ti en la oración que nos enseñaste... Padre nuestro, que estás en el cielo, santificado sea tu nombre. Venga a nosotros tu reino. Hágase tu voluntad así en la tierra como en el cielo. Danos hoy nuestro pan de cada día. Perdona...

Jamal miró a Sassy. Su hermana tenía los ojos cerrados y las manos juntas frente a su rostro.

Sabía que su madre no le permitiría salir esta noche; tendría que deshacerse de la pistola al día siguiente.

—...En verdad agradezco que nos haya acompañado esta noche, Reverendo, que haya orado con nosotros y nos haya consolado —decía Mama—. A veces parece todo muy difícil.

—En ocasiones la vida es difícil, hermana Hicks —dijo el Reverendo Biggs—. Y la mayor tentación es permitir que esto sea una excusa para abandonarlo todo.

—Seremos tan fuertes como sea posible —dijo Mama.

Cuando el Reverendo Biggs se marchó, Mama preguntó si habían cenado. Sassy respondió que sí. Jamal no dijo nada.

—Jamal, ¿qué te sucede, hijito?

—Nada, Mama.

—Ahora no puedes ser débil —dijo Mama—. No puedo soportarlo.

—Estoy bien, Mama.

—Y tú, ¿cómo estás, Sassy?

—Yo estaré bien si tú lo estás, Mama —respondió Sassy.

Jamal se durmió en cuanto se fue a la cama. Cuando Sassy lo despertó, creyó que era Mama.

—No dije nada a Mama acerca de la pistola —dijo Sassy.

—Pensé que no lo harías.

—Jamal, ¿te gustaba mucho Randy?

—A veces —respondió Jamal—. A veces.

—A veces no me gustaba mucho —dijo Sassy—; siempre andaba en problemas.

—Sí, te entiendo.

—Espero que Dios no permita que muera sólo porque a veces no me gustaba —dijo Sassy suavemente—. Ahora me gusta.

—Dios no permitirá que muera, Sassy. Todo saldrá bien.

Sassy besó a Jamal en la frente y regresó a la cama.

Jamal permaneció en la oscuridad y pensó acerca de lo que había dicho su madre. Era difícil ser fuerte. Era muy difícil.

CAPITULO XV

—Y entonces, ¿qué harás? —Tito y Jamal se hallaban en la esquina de la calle donde se encontraba la escuela.

—Devolveré la pistola a Mack y le diré que no quiero formar parte de los Escorpiones —respondió Jamal.

—¿Por qué vas ahora? ¿Por qué no esperas a que termine la escuela?

—Te conté lo que había dicho Indio en la tienda —respondió Jamal—. Creo que piensa deshacerse de mí para ser el jefe de los Escorpiones. Si me ataca, yo tendré que hacer lo mismo.

—No quiero que mates a nadie, Jamal.

—¿Vendrás conmigo?

—¿Por qué no puedes esperar? —la voz de Tito era quejosa.

—Porque quiero encontrar a Mack y devolverle la pistola antes de ver a Indio.

Tito miró hacia la escuela.

—Está bien.

—No tienes que venir conmigo si no quieres —dijo Jamal.

—¿Por qué dices eso? ¿No te he acompañado siempre?

—Vamos.

—¿Tienes la pistola?

—Sí.

El lugar en donde expendían la droga era la única tienda de la cuadra que nunca cerraba. Jamal había escuchado que en la parte trasera, detrás del tablón y las cortinas, había una habitación de acero donde los traficantes colocaban la droga en pequeños recipientes.

Uno de los tipos estaba sentado en una silla plegable frente a la casa; comía huevos revueltos con papas en un plato de papel de aluminio. Era moreno, de cabeza grande, y llevaba un arete en la oreja izquierda. Detuvo a Tito y a Jamal atravesando su pierna en la puerta.

—¿Qué quieren?

—Buscamos a Mack —dijo Jamal.

—Aquí no hay ningún Mack —fue la respuesta. El tipo continuó comiendo.

—Me asomaré a ver —dijo Jamal.

—Ten cuidado —el vigía de cabeza grande señaló la calle—. Sólo relájate y el viento te llevará calle abajo. Si permaneces aquí, te lanzaré fuera de una patada.

Jamal sacó la pistola del bolsillo y la puso en el cinturón.

—No me agrada que me importunen —dijo Jamal.

—¿Me estás amenazando? —el muchacho puso su desayuno en el suelo, a su lado—. ¿Quién eres?

—Pertenecemos a los Escorpiones —dijo Jamal.

—¿A los Escorpiones? Pensé que Mack ya no estaba con ellos. Eso fue lo que dijo Indio.

—Eso no fue lo que yo dije —Jamal se irguió, intentando lucir más alto.

El tipo miró a Jamal, luego tomó de nuevo su plato, y llamó:

—¡Oye, Tony! ¡Ven un momento!

—¿Qué sucede? —Tony era delgado como una cuchilla, y tenía el cabello rojo peinado hacia atrás. Se acercó a la puerta con un radio en la mano.

—Buscan a Mack. ¿Lo has visto?

—Sí, está en el parque con los otros vagos —respondió Tony.

—Ya lo saben, hermanitos —el tipo reclinó su asiento contra la pared del edificio.

La mañana comenzaba bien. Había pocas personas en los alrededores. Dos mujeres, una de ellas embarazada, llevaba su ropa a la lavandería. Algunos chicos, que estaban retrasados para la escuela, corrían calle abajo.

Un hombre negro y pequeño, que lucía como si estuviera maquillado, abría las puertas de una casa funeraria.

Pero la mayoría sólo paseaba. Algunos muchachos se reunían en la mitad de la calle. Los hombres mayores se habían adueñado ya de las dos esquinas y se llamaban unos a otros.

—No me gusta este parque —susurró Tito.

—¿Por qué?

—Hay gente tirada en la hierba por todas partes, incluso mujeres.

—Son alcohólicos o locos —dijo Jamal.

—Parece que los hubieran desechado —dijo Tito—. Eso me asusta; no me gustaría estar en su lugar.

—Por eso debemos permanecer así —Jamal sostuvo sus dedos cruzados—, para no permitir que nos suceda esto.

—Ahí va Mack —Tito señaló con la cabeza hacia una banca donde se hallaban varios hombres y dos muchachos.

Jamal aspiró profundamente y se dirigió hacia él.

—Tenemos que hablar —dijo Jamal.

—Sí, también yo quería hablar contigo —dijo Mack. Se alejó de la banca. Su aliento olía a vino rancio y dulce; sus ojos estaban inyectados—. ¿Cómo está Randy?

Jamal miró a Tito, luego a Mack.

—¿Sabes que fue apuñalado?

—Todos lo saben —dijo Mack—. Una chica que vive en la avenida Lenox estuvo por allí y su novio le dijo que Randy había sido apuñalado.

—Mi madre irá hoy a visitarlo al hospital —dijo Jamal.

—Indio está intentando hacer sus propios negocios ahora. Mack se aproximó a una de las bancas del parque y tomó asiento.

—Está negociando con los traficantes de droga, ¿verdad? —Tito se mantenía un poco alejado de Jamal y de Mack.

—Sí, allí es donde está el dinero —dijo Mack—. Algunos sujetos del otro lado de la ciudad desean distribuirla aquí, y quieren que los Escorpiones los orienten.

—¿Quiere que los matemos? —preguntó Jamal.

—Sí, pero Indio dice que ahora *él* es el jefe, y Angel su comandante —dijo Mack—. No podemos permitir que Indio se tome a los Escorpiones.

—¿Le obedecen a Indio? —preguntó Jamal.

—Sí, porque no quieren a alguien que no pueda dedicarles su tiempo —dijo Mack—. Si regreso allí, se verán obligados a tratarme como un adulto. Todos lo saben. Dicen que Mack está muy viejo para estar en las calles.

—No lo sé —Jamal se volvió—. Quizás debiéramos permitir que Indio sea el jefe.

—No podemos perder esto —dijo Mack—. De ninguna manera. Si Indio consigue ese dinero, lo tendrá todo. Si lo haces tú, tendrás el dinero y podrás liberar a Randy. Si lo hace Indio, tendrá el dinero e intentará deshacerse de ti para que no regreses.

—¿De cuánto dinero se trata? —preguntó Jamal.

—Jamal, no queremos matar a nadie —dijo Tito.

—Son cerca de cinco mil dólares —dijo Mack—. No se trata de centavos.

—No puedo matar a nadie —dijo Jamal, mirando a lo lejos—. Quizás no tengo el valor suficiente.

—Sé de qué sujetos se trata —dijo Mack—. Son unos chicos latinos que viven cerca de la avenida Park. Yo mismo podría hacer el trabajo.

—¿Por qué no eres el jefe de los Escorpiones? —dijo Jamal—. Puedo comunicarme con Randy y decirle que tú tomarás su lugar mientras él regresa. Sólo tengo doce años y continuarán hostigándome.

—No lo harán si ven que estás dispuesto a usar el arma —dijo Mack—. Nadie tiene prisa por echarte. Todavía tienes la pistola, ¿verdad?

—Sí —Jamal miró a algunos chicos que jugaban pelota china contra la pared de un edificio—. Pero pienso que sería maravilloso que tú fueras el jefe de los Escorpiones. Tú eras el mejor amigo de Randy.

—No, hombre. Están convocando a una reunión e Indio controlará la situación porque sabe que no soy tan fuerte para el estudio. Por eso Randy y yo nunca nos separábamos. El sabía leer y todas esas cosas, y no se andaba con jugarretas. El hacía lo suyo, yo lo mío y todo salía bien. Creo que tú y yo podríamos hacer lo mismo. Así tendríamos un plan y conseguiríamos el dinero necesario para liberar a Randy.

—Tengo que pensarlo —dijo Jamal—. Te buscaré.

—Sí, está bien —dijo Mack—. Oye, ¿no podrías prestarme diez dólares?

Jamal miró a Tito; luego buscó en su bolsillo y sacó el dinero que había recibido del señor González. Dio diez dólares a Mack y se alejó.

—Creí que ibas a devolverle la pistola —dijo Tito.

—¿Viste toda esa gente que había en el parque?

—Me causaron muy mala impresión.

—¿Crees que voy a sacar la pistola en medio de toda esa gente?

—La sacaste al frente de la casa donde venden droga —dijo Tito—. Creo que te gusta esa pistola, amigo.

181

—Sólo debo pensar en lo que dijo Mack —dijo Jamal—. No hay nada malo en pensar antes de actuar.

—Mack también es un desastre —dijo Tito—. Creo que se droga.

—¿Crees que no lo sé?

—¿Entonces?

—¿Entonces vendrás conmigo cuando hable con Indio?

—¿Qué le dirás?

—Quizás le diga que debe darme el dinero para liberar a Randy y así renunciaré a ser el jefe de los Escorpiones.

—Quizás debas decirle que fue Randy quien te lo dijo.

Jamal se detuvo y miró a Tito.

—Oye, eso es fantástico. Le diré que Randy dijo que Mack podría continuar siendo el comandante si lo desea, pero no necesariamente.

—¿Crees que Mack te importunará?

—No, creo que sólo se preocupa por el alcohol y la droga. Pronto estará perdido —dijo Jamal—. Es la mejor idea que has tenido en todo el año.

—Por eso me llaman Tito el astuto. ¿Cuándo verás a Indio?

—¿Quieres ir ahora mismo?

—¿Y si Mack se encuentra allí?

—Está perdiendo la cabeza. ¿Viste cómo tenía la nariz y lo que pidió prestado?

—Diez dólares para droga —dijo Tito.

Cuando llegaron a la antigua estación de bomberos, sólo Sangre estaba allí. Jamal le informó que tenía algo importante que decirle a Indio, y que precisaba verlo de inmediato. Sangre respondió que no sabía dónde se hallaba.

—Puedes ir al bar Griff dentro de una hora. Suele pasar por allí.

—Está bien —dijo Jamal—. Si lo ves, dile que quiero hablar con él.

—Sí.

Tito y Jamal se dirigieron lentamente hacia Griff. Se detuvieron en la vereda frente al bar, e intentaron ver quién se encontraba en su interior. Pero las ventanas estaban empañadas de vaho y fue imposible saberlo.

—Dame tu lápiz —dijo Jamal.

Jamal anotó el número telefónico escrito al lado del aviso donde se ofrecían entregas a domicilio.

Jamal todavía tenía un poco de dinero. Se encaminaron hacia Broadway; comieron pizzas y malteadas, y Jamal se detuvo luego en una tienda donde compró dos cajas de chocolatinas y papel para dibujar.

—Este es un papel especial para dibujo —dijo Jamal—. No sirve para escribir cartas porque las hojas no cabrían en los sobres. Lo único que puedes hacer con él es dibujar.

—¿Qué vas a dibujar?

—Quizás te dibuje a ti —dijo Jamal—. Y si resulta muy bien, le regalaré el dibujo a la a'uela.

—O puedes dárselo a Sassy.

—¿A Sassy? Ni siquiera le daría una foto.

—¿Por qué?

—Debes regalar fotos a aquellas personas a quienes les gustan las fotos y esas cosas —dijo Jamal—. Por ejemplo, a mi padre no le gustan las fotos. Creo que no le gustan. O quizás no le gusto yo.

—Creo que sí le gustas.

—Siéntate aquí y comenzaré a dibujarte —dijo Jamal. Se encontraban cerca de la tumba del general Grant. Era el único lugar oficial donde los chicos podían pasearse. A Jamal le agradaba su aspecto monumental y sólido, así como el silencio que reinaba allí. Podía sentarse sobre el muro bajo que rodeaba la tumba y mirar hacia Harlem, o podía mirar hacia el otro lado, hacia el parque de Riverside. Algunas veces contemplaba las tumbas de Grant y de su esposa, pero no solía hacerlo.

—Será mejor que quede bien —dijo Tito.

—No eres muy buen modelo —sonrió Jamal.

—No, pero tú puedes hacerme ver muy atractivo, ¿verdad?

—¿Crees que le agradas a tu padre? —preguntó Jamal—. Sé que le *agradas*, pero ¿sabes si le agradas mucho?

—No lo sé —respondió Tito—. Dijo que sería mejor para mí no estar todo el tiempo al lado de la abuela. No sé por qué lo dijo, pues fue él quien regresó a Puerto Rico y decidió que yo permaneciera aquí.

—Abre un poco tu chaqueta.

—No, hace mucho frío.

—No hace frío —dijo Jamal—. Y si fueras una chica, inclusive tendrías que posar desnudo.

—No lo haría.

Jamal trabajó en su dibujo cerca de media hora. Una anciana se acercó y lo miró; lo mismo hicieron un hombre y una mujer. Observaron a Jamal dibujando durante un rato, dijeron que les gustaba lo que hacía y continuaron su camino. Cuando se marcharon, Jamal rompió a reír.

—¿Estás haciendo una caricatura? —preguntó Tito.

—No, está muy bonito.

—¿Entonces por qué ríes?

—Porque me divierte que la gente me observe dibujar —dijo Jamal—. Cuando vas al Village sucede igual; la gente se detiene a observar a los artistas. Es maravilloso.

—Supón que Indio acepte y diga que él será el jefe de los Escorpiones. ¿Te desharás de la pistola?

—Quizás la esconda en algún lugar.

—Si no te deshaces de ella, significa que la conservarás —dijo Tito.

—Estaba pensando... No muevas la cabeza.

—Me pica la nariz.

—Estaba pensando que si alguien me importuna, puedo impedirlo si tengo la pistola. No quiero decir cualquiera... Alguien mayor. O si alguien importuna a Mama.

—¿Recuerdas aquella vez cuando me peleé con ese tipo del perro blanco?

—No te peleaste con él. El te dio una paliza —dijo Jamal.

—Sí, está bien. Pero cuando ocurrió aquello, le rogué a Dios que lo hiciera morir o algo así. Luego me golpeó de nuevo, y de nuevo me sentí mal, pero no murió y yo tampoco, y entonces todo resultó bien. Si hubiera tenido una pistola, quizás lo habría matado.

—Si él hubiera sabido que tenías una pistola, no te hubiera importunado. Imagina que te molestara esta tarde. Lo único que tendrías que hacer es enseñar la pistola y amenazarlo, aun cuando en realidad no vayas a matarlo. Si te importunara de nuevo, ¿lo harías?

—¿Asustarlo con la pistola?

—Sí.

—Sí —respondió Tito—. Pero sólo a un tipo mayor como aquél.

—Es lo que digo.

—De todas maneras no me agrada —dijo Tito—. Quizás me atemoriza un poco.

—Todo te atemoriza un poco.

—Sólo un poco —dijo Tito suavemente.

—No hay nada de malo en eso —dijo Jamal—. Todos tememos algo, a menos que estemos drogados, o algo así.

Jamal terminó el dibujo y lo firmó. Luego guardó el resto del papel.

—Enséñamelo —dijo Tito.

—¿Quieres comprarlo?

—Primero quiero verlo.

—No; tienes que comprarlo si quieres verlo —dijo Jamal.

—Lo arruinaste.

—¿Te parece? —preguntó Jamal mostrándoselo.

Ambos miraron el dibujo. Se asemejaba realmente a Tito. Este lo felicitó.

CAPITULO XVI

Jamal pensaba decirle a Mama que sólo había tenido escuela medio día, pero no había nadie en casa. Mama había regresado al hospital a ver a Randy y Sassy estaba en la escuela. Había mirado en la casilla del correo y había encontrado una carta del señor Davidson. Sólo podía ser un problema, pensó. Inicialmente no la abrió; sólo la colocó al lado de las cuentas sobre el refrigerador. Luego pensó que podría tratarse de la pistola y la abrió. Decía que Mama debía comunicarse con él de inmediato. No decía nada acerca del arma. La madre de Dwayne estaba en lo cierto. La escuela no deseaba involucrarse en esto.

—¿Qué harás? —preguntó Tito.

—Llamaré.

—¿Fingirás ser tu madre? —preguntó Tito sorprendido.

—No, sólo diré que ella no puede llamarlo a causa de Randy.

Jamal marcó el número de la escuela y esperó. Finalmente respondió la operadora y Jamal solicitó hablar con el señor Davidson. La señora O'Connell estaba al otro lado de la línea.

—Buenas tardes, señora O'Connell.

—¿Quién habla? —la voz de la señora O'Connell se escuchaba muy seria.

—Habla Jamal Hicks. Mi madre tuvo que marcharse a Stormville porque mi hermano Randy fue acuchillado. Por esta razón no podrá comunicarse con el señor Davidson hasta cuando mi hermano se recupere.

—¿Hicks?

—Jamal Hicks.

—Un momento.

Se escuchó una música. Jamal puso el auricular en la oreja de Tito.

—Es el mismo tipo de música que se escucha en los ascensores —dijo Tito.

—Jamal, ¿por qué no asististe hoy a la escuela? —era la voz de la señora O'Connell.

—El señor Davidson dijo que no podía regresar a la escuela hasta cuando mi madre acudiera conmigo.

—¿Dónde está tu madre ahora?

—En el hospital.

—¿En qué lugar está el hospital?

—Creo que se encuentra muy cerca de la prisión —dijo Jamal.

Jamal escuchó cuando la señora O'Connell repetía lo que él había dicho. Escuchó una voz masculina, y luego de nuevo a la señora O'Connell.

—¿Dónde se encontraba tu hermano cuando fue herido?

—Estaba en la cárcel.

La señora O'Connell repitió de nuevo lo que había dicho Jamal, y luego recibió una respuesta.

—Está bien, Jamal. Debes venir mañana a la escuela y presentarte en la oficina del señor Davidson en cuanto llegues.

—Sí, señora —Jamal colgó el teléfono.

—¿Qué dijo?

—Debo ir mañana a la escuela —dijo Jamal—. Debo presentarme en la oficina del señor Davidson. Probablemente me sermoneará de nuevo.

—¿Llamarás a Indio ahora?

Jamal buscó en sus bolsillos hasta encontrar el número del bar Griff. Marcó y se sobresaltó cuando respondieron casi inmediatamente.

—¿Se encuentra Indio allí?

La voz que se escuchaba al otro lado de la línea llamó roncamente a Indio en voz alta. Se escuchaba una música de fondo, pero no como la que se escucha en los ascensores.

—¿Quién habla? —ladró de nuevo la voz.

—Jamal. El hermano de Randy.

Jamal esperó algunos momentos. Sintió que el estómago se le encogía. Miró a Tito, quien había encendido el televisor y miraba unas historietas con el sonido bajo.

—¿Qué quieres?

—¿Indio?

—No, soy Angel. ¿Qué quieres?

Jamal suspiró profundamente y le comunicó a Angel que Randy había dicho a su madre que Indio debía ser el jefe de los Escorpiones. Miró a Tito, quien lo estaba observando. Tito intentó sonreír, pero estaba demasiado nervioso.

—Dijo que los Escorpiones debían reunir el dinero necesario para su apelación —dijo Jamal.

La voz pastosa se escuchó de nuevo, y pidió a Jamal que llamara más tarde pues necesitaba usar el teléfono.

—¿A qué hora puedo llamar? —preguntó Jamal.

—Me es igual.

—¿Qué dijo? —preguntó Tito.

—Otro tipo me dijo que debía llamar más tarde —dijo Jamal—. De todas maneras, sólo hablaba con Angel.

Tito encendió de nuevo el televisor.

—Te sentirás mejor cuando ya no hagas parte de los Escorpiones —dijo.

—Me sentiré mejor cuando todo regrese a la normalidad —dijo Jamal.

—¿Sabes qué debemos hacer? Cuando alguien se pelee con nosotros, debemos enfrentarlo juntos —dijo Tito—. No diremos nada, ¿está bien? Cuando alguien te golpee, nos acercamos y comenzamos a pelear ambos inmediatamente.

—Muy buena idea. Debemos conseguir también un bate de béisbol.

—¿Sabes qué tiene un sujeto que conozco? —Tito comenzó a anudar los cordones de sus zapatos—. Tiene una cachiporra hecha con cables.

—¿Con cables? ¿Como aquéllos que se usan en las lámparas y esas cosas?

—Sí.

—Se trenza el cable y luego se envuelve, ¿verdad?

—Sí, lo trenzó cinco veces —dijo Tito—. Me permitió golpear un bote de basura con ella. No te imaginas el ruido que hizo.

Jamal marcó de nuevo el número del bar. Cuando preguntó por Indio, escuchó una maldición de la voz pastosa. Jamal escuchó que le ordenaba desocupar pronto la línea.

—Hola, soy Angel. Indio dice que debes decírselo frente a todos los Escorpiones para que se enteren cómo es el negocio. ¿Sabes dónde están los columpios y la basura en el parque?

—¿Cuál parque?

—El Marcus Garvey.

—Sí.

—Dice que hoy está ocupado, pero que te verá allí mañana a las once de la noche para que le digas que él será el jefe de los Escorpiones.

—¿Por qué debo encontrarlo allí? —preguntó Jamal.

—Para demostrarle que no mientes —dijo Angel—. Si no vas, significará que tramas algo. Será mejor que vayas.

Jamal narró a Tito su conversación con Angel. Tito se mordió los labios y continuó mirando la televisión.

Permanecieron en silencio, mirando un episodio de los *Thunder Cats* que habían visto antes.

Miraron la televisión hasta las tres y media, cuando llegó Sassy.

—¿No asistieron hoy a la escuela? —preguntó Sassy cuando los vio.

—Sólo teníamos medio día —dijo Jamal.

—¿Es cierto, Tito? —Sassy se colocó frente a Tito para que no pudiera mirar a Jamal.

—Sí, es cierto —dijo Tito.

—Estás mintiendo. Sé cuando mientes porque no eres capaz de mirarme a los ojos y decirlo.

—Yo puedo mirarte a los ojos y decirlo —dijo Jamal.

—Sí, porque mientes todo el tiempo —dijo Sassy—. Tito no acostumbra mentir.

—Puedo mirarte a los ojos —dijo Tito.

—Mírame —Sassy se inclinó hacia Tito.

—Creo que quiere besarte, Tito.

—Jamal, ¿por qué eres tan fresco?

—¿Cómo quieres que sea, podrido?

—Eres podrido —dijo Sassy—. Sólo que eres demasiado tonto para saberlo.

—No soy tan tonto como tú.

—Mírame a los ojos —dijo Sassy, colocándose de nuevo frente a Tito—. Ahora dime que tenían la tarde libre.

—Tuve la tarde libre hoy.

Sassy miró los ojos de Tito y dijo que quizás decía la verdad.

Jamal acompañó a Tito a casa.

—¿Sabes lo que Sassy no sabía? —preguntó Tito—. —Mientras me miraba a los ojos, yo tenía los dedos cruzados.

—De todas maneras, ella no sabe cuándo mienten las personas.

—¿Por qué crees que Indio desea verte en el parque mañana? —preguntó Tito.

—Para poder portarse como un matón, o algo así.

—¿Qué tal que inicie una pelea?

—¿Recuerdas cuando dijiste que recibir una paliza no era tan terrible?

—¿Sí?

—Pues eso haré —dijo Jamal—. Si comienza a golpearme, lo tomaré como un hombre. Luego me marcharé y cuando llegue a casa me lavaré y me reiré de él.

La enfermera de la escuela no era en realidad muy chistosa, pero todos se reían de ella. Era muy delgada, y sonreía en todas las circunstancias. Si un chico se hería la mano, sonreía mientras le ponía el vendaje. Si le dolía el estómago, sonreía mientras le daba algún medicamento, y luego lo hacía acostar sobre el sofá. Había dos cosas que la señora Roberts invariablemente hacía: acostar al chico sobre el sofá y darle una menta envuelta en papel celofán. Era como una recompensa por estar enfermo.

Jamal nunca había escuchado que un chico tuviera que ir a la enfermería cuando estaba en problemas, pero cuando el señor Davidson lo condujo allí, pensó que debía permanecer en ese lugar.

—Jamal, lo que deseamos es que lleves este formato a casa para que lo firme tu madre. ¿Tu madre sabe leer?

—Sí, sabe leer —dijo Jamal—. ¿Y usted?

—Sólo preguntaba —dijo la señora Roberts—. Dile que lea este formato. Si tiene alguna pregunta, puede comunicarse conmigo.

—¿Para qué es? —preguntó Jamal.

—Es algo que creemos que podrá ayudarte mucho —dijo la señora Roberts—. Si permanecieras más tranquilo en la escuela, especialmente durante la mañana, sería más fácil para todos. ¿No te gustaría?

—Supongo que sí.

—Bien, lo que queremos es ayudarte a permanecer tranquilo; te daremos un medicamento y uno de mis famosos dulces de menta.

—¿Si firma esto, no será preciso que venga a la escuela? —preguntó Jamal.

—Debiera venir para enterarse de tus progresos —dijo el señor Davidson—. Pero primero podemos intentar esta solución y ver cómo resulta.

—¿Entonces no será preciso que venga a la escuela?

—Por ahora no —dijo el señor Davidson.

—Se lo entregaré —dijo Jamal.

—¿Qué harán chicos? —Darnell se encontraba en medio de Dwayne y de Jamal en el patio.

—Depende de él —dijo Jamal—. Pero no quiero volver a oírlo más.

—Mi madre dice que si me importuna de nuevo, demandará a la junta de la escuela.

—En otras palabras —Darnell tomó su gorra y la colocó sobre su pecho—, ¡te acobardaste, Dwayne!

—Mi madre me ordenó que permaneciera alejado de él —dijo Dwayne.

—Pero de no ser por tu madre, ¿qué harías?

Jamal miró a Dwayne y éste apartó la vista.

—No lleva su pistola, Dwayne —Tamia Davis empujó a Dwayne hacia Jamal—. Haz algo.

—¿Por qué no se estrechan las manos y se olvidan de todo? —propuso Christian.

—¿Por qué no cierras la boca? —dijo Darnell.

—¿Por qué no me la *cierras*, imbécil? —dijo Dwayne.

Darnell miró a Dwayne de arriba a abajo, pero no intentó nada contra él.

Jamal deseaba estrecharle la mano a Dwayne y olvidarse de todo, pero sabía que si tomaba la iniciativa todos pensarían que temía pelearse con Dwayne sin su pistola.

—¿Qué quieres hacer? —preguntó Dwayne a Jamal.

—Mejor haz lo que dice tu madre —respondió Jamal—. Permanece alejado de mí.

Se volvió y atravesó el patio de la escuela.

Mama hablaba muy fuerte, como solía hacerlo cuando intentaba llenarse de valor. Sassy también hablaba fuerte. No necesitaba llenarse de valor, sólo imitaba a Mama.

—He trabajado para este hombre casi diez años —decía Mama—. ¡Y tiene más dinero que nadie en el mundo!

—El sabe que le pagarás —dijo Sassy.

—Ni siquiera debe pensar en eso —dijo Mama—. Nunca he dejado de pagar un centavo de mis deudas.

—Mil dólares es mucho dinero, pero él lo tiene —dijo Sassy.

—Mil dólares no es nada para una persona como él —dijo Mama—. Puede viajar a Atlantic City y perderlo en un día, y ni siquiera se preocupa por ello.

—¿Qué dijo cuando se lo pediste?

—Le dije que no me respondiera inmediatamente —dijo Mama—. Quiero que lo piense bien. Cuando el abogado dijo que podía obtener una nueva audiencia para Randy por mil dólares, lo medité mucho y oré.

—¿Por qué ahora solamente cuesta mil dólares? —preguntó Jamal.

—Porque no desean cuidar de él mientras está en el hospital —dijo Mama—. Dice el abogado que cuando los hieren en la cárcel, están dispuestos a permitir que salgan para no tener que vigilarlos. Prefieren liberarlos y que el seguro social se encargue de ellos. Así no les causarán problemas.

—Nadie desea tener problemas —dijo Jamal.

—No entiendo por qué no ha llamado —dijo Mama—. Quizás esté pensando cómo decírselo a la señora Stanton.

—¿Cómo es ella? —preguntó Sassy.

—Creo que es un poco prevenida —dijo Mama—. Sólo la he visto un par de veces, pero parece ser una persona pretenciosa.

—Si te presta el dinero, ¿cuanto tiempo tomará sacar a Randy de la cárcel?

—Es preciso seguir todo el proceso —Mama

había desmenuzado el pollo y lo había puesto en una olla con caldo y bróculi—. Dice que todavía puede tardar dos años; pero saber que alguien está trabajando en su caso, saber que será liberado, le levantará el ánimo. Sabes, uno puede morir en prisión a causa de la depresión.

—¿Qué hará él cuando salga?

—Regresar a la escuela —dijo Mama—. Veré que lo haga. Debe estudiar algo para ganarse la vida.

Jamal pensó que si trabajara todo el tiempo podría conseguir los mil dólares en menos de dos años. Quizás le pagara al señor Stanton si él le prestara el dinero a Mama. Así, cuando Randy saliera, no deberían nada.

La señora Padgett llamó a decir que se había enterado de lo sucedido a Randy y lo lamentaba mucho.

Jamal quería esperar a que terminara la cena para entregar a Mama la nota de la escuela. A veces firmaba cosas y no se enteraba siquiera de qué eran. A veces las leía con cuidado.

Sonó el teléfono y Sassy respondió. Era el señor Stanton.

No fue preciso preguntar qué había dicho. El rostro de Mama lo decía todo, la tristeza en sus ojos, la forma como se desplomó en la silla. Luego, después de un largo rato, después de decir al señor Stanton que comprendía cuán difícil era obtener el dinero, y que entendía saber que aquel año no había sido tan bueno para él, colgó el teléfono y rompió a llorar.

—Dios mío, ¿cuándo aprenderé que mis problemas sólo me pertenecen a mí? —Mama se mecía hacia adelante y hacia atrás—. Dios mío, ¿cuándo aprenderé?

—Te ayudaré a conseguir el dinero, Mama —dijo Jamal.

Mama miró a Jamal, lo rodeó con los brazos y lo estrechó con fuerza. Cuando vio a Sassy la atrajo también hacia ella y los tres se acunaron en silencio en medio de la pequeña habitación.

CAPITULO XVII

Desde donde se hallaba, Jamal podía ver las luces de neón intermitentes del bar de la esquina. A su lado, una suave brisa levantó una bolsa de papel y la llevó danzando calle abajo. Jamal vio un gato que salía de debajo de un automóvil, se arqueaba y perseguía la bolsa.

Dos chicas salieron del edificio. Una de ellas sonrió a Jamal al pasar. El aroma de su perfume permaneció en el aire.

La abuela solía acostarse a las nueve de la noche, y Tito debía bajar a las nueve y media; pero eran casi las diez y no aparecía. Jamal pensó que quizás la abuela lo había sorprendido cuando se disponía a salir. Quería subir y golpear a la puerta, pero no lo hizo. Tito vendría si podía, pensaba Jamal. Era su forma de ser.

—Oye, muchacho, ¿qué haces? —un alcohólico delgado como un riel, con las piernas arqueadas, se detuvo frente a Jamal.

—Aléjate de mí —dijo Jamal.

—No soy lo suficientemente bueno para ti, ¿verdad?

Jamal se volvió. Pensaba en Indio. Indio podía vencerlo, lo sabía. Pero si estaba solo, podía enfrentarlo. Si Angel estaba con él, sería un problema.

—¿Quieres que te narre mi vida? —el vago cambió de posición.

—No.

—Porque eres un estúpido —respondió—. Si supieras algo, desearías conocer mi historia ¿ves? Porque soy igual a ti.

—Aléjate de mí —dijo Jamal. Tenía la pistola en una bolsa de papel en su regazo.

—No, muchacho. Yo era igual a ti —dijo el alcohólico—. No puedes decirme nada que no sepa. ¿Sabes qué solía hacer?

—Sí, embriagarte.

—Muy astuto, ¿verdad?

—¿Por qué no te largas?

—Solía ser un jugador de béisbol. Era muy bueno. En verdad.

—Sí, seguro.

—Oye, estoy tratando de decirte algo. Estoy tratando de darte lo que no tienes. ¿Sabes qué es? ¡Un poco de seso!

La puerta del edificio dondo vivía Tito se abrió y un hombre corpulento apareció en ella. Se puso los pulgares en el cinturón y miró a su alrededor. Luego se encogió de hombros dos veces y bajó la escalera. Jamal vio cómo pisaba fuerte calle abajo.

—No es nada —dijo el alcohólico—. Camina como si fuera un macho, pero no es nada. ¿Entiendes lo que quiero decir?

Jamal apartó la vista. No deseaba ver al alcohólico. No deseaba ser como él, ni verse como él, ni mirarlo.

—¡Jamal!

Jamal se volvió y vio a Tito cargado con una bolsa de basura.

—¿Por qué tardaste tanto?

—Me equivoqué acerca de la hora. La abuela entra en su habitación a las nueve, pero no se duerme. Finalmente me ofrecí a llevar la basura.

—Vamos.

—Debo regresar para que no crea que me he marchado. Subiré y en cuanto entre en su habitación, escaparé.

—Debemos estar en el parque a las once.

—Regreso en seguida —dijo Tito.

Tito colocó la basura en la vereda y regresó al edificio.

—¿Es tu amigo?

—¿Por qué?

—Sabes que es un puertorriqueño, ¿verdad?

—Sí, lo sé.

—Lo único que hacen es tomar tequila y volverse locos —dijo el alcohólico—. Por eso se ven tan viejos. Sólo encuentras bebés y ancianos. No hay personas normales. ¿No habías observado esto?

El reloj amarillo y rojo que se encontraba en el bar al otro lado de la calle indicaba las once menos cinco. Llegarían tarde. Jamal deseaba que todo hubiera terminado. Recordaba lo que había dicho Angel acerca de fallar a la cita.

—Y si te peleas con un puertorriqueño, debes tener cuidado pues cargan cuchillos —proseguía el alcohólico.

Jamal se preguntaba si alguna vez en su vida podría despreocuparse, no pensar que alguien lo golpearía o que tendría una pelea.

—¡Vamos! —Tito estaba en la entrada.

—¿Dónde está tu chaqueta?

—Llevo dos camisas puestas —dijo Tito.

—¡Recuerda lo que te dije acerca de los puertorriqueños! —gritó el vagabundo.

—¿Qué sucedió? —preguntó Jamal.

—La abuela sospechó que algo ocurría —dijo Tito—. Puede intuir las cosas de la misma forma como tú puedes verlas. Mantuvo la puerta abierta y se sentó frente a ella.

—¿Cómo conseguiste salir?

—Dije que había escuchado algo en el pasillo —dijo Tito.— Me lanzó una mirada con sus ojos serenos, pero permaneció en silencio.

—¿Qué quieres decir? —ya cruzaban frente a la iglesia Saint Joseph's. Jamal se encaminó hacia la calle 124.

—¿Por qué vas hacia la calle 124?

—No quiero que Indio sepa por qué lugar voy a llegar. ¿Qué quieres decir con eso de los ojos serenos? —dijo Jamal.

—A veces mira normalmente, es decir, como todo el mundo. A veces tiene los ojos serenos. Lucen muy tranquilos, como si estuviese fatigada, o algo así, pero uno sabe que no lo está.

Jamal imaginaba los ojos serenos de la abuela. Pensó que le gustaría dibujarla. El dibujo sería claro, pero con los ojos oscuros, como los de Tito, grandes, entrecerrados. Sabía lo que Tito quería decir. A veces también Mama tenía los ojos serenos.

No aflojaron el paso hasta llegar a la avenida Lenox. Jamal miró a través de la ventana la barbería de Thompson. Eran casi las once y veinte.

—¿Le entregarás la pistola? —preguntó Tito—. Había visto la bolsa que llevaba Jamal.

—Primero debo ver cómo se porta —dijo Jamal—. Tú guardarás la pistola. Si actúa debidamente, te llamaré y se la entregarás.

—¿Y si no lo hace?

—No importa si me golpea —dijo Jamal—. Lo soportaré. Si esto lo arregla todo, estoy dispuesto a hacerlo. Lo que me preocupa es que Angel esté con él. De ser así, intentará golpearme bien fuerte. Si esto sucede, tú comienzas a gritar; quizás escapen o algo así.

—¿Y si no lo hacen?

—Entonces yo lo haré —respondió Jamal.

—¿Tienes miedo?

—No, hombre, estoy muy tranquilo, porque pronto se arreglará todo.

—Si intentan golpearte muy fuerte, quizás pueda ayudarte.

—Sólo te golpearían a ti también.

—No importa.

—Si fueras mi hermano no seríamos tan amigos. Seríamos así —dijo Jamal, cruzando los dedos.

—Así somos —dijo Tito.

—Cuando seamos mayores debemos conseguir un barco —dijo Jamal—. Entonces podremos viajar y hablar de cuando éramos pobres.

Jamal entregó a Tito la bolsa con la pistola y caminaron hacia el parque Marcus Garvey.

—Oye, Jamal.

—¿Qué?

—¿Permitiremos chicas en nuestro barco?

—Sólo actrices de cine —dijo Jamal.

—Está bien.

Había algunas mujeres paseando a la entrada del parque; Jamal creyó que probablemente buscaban hombres. Sin embargo, en cuanto se aproximó, vio que eran testigos de Jehová.

—¿Deseas una copia gratuita de un mensaje realmente maravilloso? —preguntó una de ellas, muy bonita. Jamal la ignoró y entró en el parque. Se volvió y la chica todavía sonreía.

Dos policías se encontraban al otro lado de la calle frente a un club social. Ambos eran jóvenes. Uno de ellos era latino; el otro blanco, de cabello largo.

Jamal y Tito los observaron durante un rato y luego se dirigieron al parque.

—Permanece a cierta distancia, para que no te vean —dijo Jamal—. Si comienzo a correr o algo así, haz tú lo mismo, ¿está bien?

—¿Y si intentan golpearte?

—Lo soportaré —dijo Jamal—. O correré. Todo saldrá bien. ¿Te sientes bien?

Tito asintió.

Jamal cerró su chaqueta y comenzó a caminar hacia aquella parte del parque donde estaba el área de juegos infantiles. Estaba asustado, pero no sabía de qué. Sólo deseaba que todo terminara pronto.

El parque infantil estaba cubierto de sombras que danzaban a lo largo de las rejas y a través de los pequeños círculos luminosos formados por el alumbrado. Jamal permaneció inmóvil, intentando penetrar la oscuridad y olvidarse de las sombras de los árboles que se movían delante de él. En el centro del parque había algunos columpios. Sólo uno de ellos se mecía. Chirreaba bajo el peso de Indio, quien se balanceaba de un lado a otro.

Angel estaba reclinado contra uno de los postes que sostenían los columpios. La luz se hallaba en otro lugar, cerca de las barras horizontales, pero Jamal distinguía con claridad las facciones de Indio.

Jamal aspiró profundamente y se acercó a la reja que rodeaba los columpios.

—¿Qué tal? —gritó Jamal.

—Oye, ¿cómo estás? —dijo Indio.

—Pensé que vendrían los Escorpiones a escuchar lo que tengo que decirte.

—Aquí estoy —Indio puso los pies en el suelo y comenzó a mecerse lentamente. Dos palomas caminaban a lo lejos sobre la reja, picoteando una bolsa de celofán.

—Pues bien, Randy le dijo a mi madre que no deseaba que yo continuara siendo el jefe de los Escorpiones —dijo Jamal.

—Claro, porque lo acuchillaron —dijo Indio—. Ya lo sé todo. Seguro intentó hacer allí una gran actuación que no le gustó a nadie.

—Se encuentra bien —dijo Jamal—. En todo caso, dijo que los Escorpiones debían reunir el dinero necesario para la apelación, y en cuanto lo hicieran tú serías el jefe.

—¿Es todo lo que tienes que decir? —Angel habló desde la sombra—. ¿Todo lo que tienes que decir es lo que dijo Randy?

—No dispongo de toda la noche —dijo Jamal.

—¿Quieres fumar? —Indio le ofreció un poco de marihuana.

—No.

—Randy no lo deja fumar todavía —dijo Angel—. Cuando Randy diga que puede hacerlo, le comprará unos cigarrillos de chocolate.

—¿Por qué no está Mack contigo? —Indio se mecía con suavidad en el columpio, en la fresca brisa. Sus ojos se cerraron por un momento, luego se abrieron lentamente. Estaba drogado—. ¿No es Mack tu comandante?

—No necesito comandantes si ya no pertenezco a los Escorpiones —respondió Jamal.

—Espera... —Indio aspiró profundamente su cigarrillo—. Primero dices que no eres el jefe de los Escorpiones; ahora dices que abandonas el grupo.

—Así es —dijo Jamal.

—No puedes retirarte a menos que el jefe lo permita —dijo Angel.

—Me retiro para evitar problemas —dijo Jamal—. Le dije a Randy que me retiraría.

—Randy no es el jefe de los Escorpiones —dijo Indio—. Soy yo. Debes pedírmelo a mí.

Jamal miró hacia arriba. El cielo estaba claro y sobre las antenas y los tejados se veía la noche colmada de estrellas. Era extraño, pero casi nunca miraba las estrellas. Siempre miraba al frente suyo o a su alrededor.

—Pues me retiro —dijo Jamal.

—Te lo está diciendo —Angel se había aproximado—. No te lo pide, te lo dice.

—¿Por qué no estás tan valiente ahora? —preguntó Indio—. No trajiste tu pistola, ¿verdad?

—Tampoco ha traído al vago de Mack consigo —dijo Angel.

—Si él estuviera aquí, no hablarían tanto —dijo Jamal.

—Sí, pero no está —dijo Indio—. Y de todas maneras, no le tengo miedo a Mack. Pero lo que ocurre realmente es que no tienes nada ni nadie que te respalde, excepto lo que tengas en tu corazón, idiota.

Jamal tragó saliva y retrocedió un paso.

—Creo que tú y yo debemos enfrentarnos para ver quién es el jefe de los Escorpiones —dijo Indio. Aspiró de nuevo el cigarrillo y Jamal escuchó cómo sonaba—. ¿Qué opinas?

Angel se acercó a Jamal. Podía oler su aliento. Había estado fumando, marihuana o algo más fuerte. Jamal retiró las manos de la reja. Miró a Indio, comenzó a decirle que no deseaba pelear con él, pero no encontraba su voz.

—Creo que tiene miedo —dijo Angel.

Indio se meció hacia adelante y saltó del columpio. Se hallaba al otro lado del pequeño seto frente a Jamal. Angel se encontraba al lado de Jamal.

—¿Estás atemorizado, cobarde? —Indio volvió su rostro hacia Jamal, pero sus ojos parecían perderse más allá de él.

Jamal se apartó de la reja; Angel se situó detrás de él y lo empujó con fuerza contra el seto. Indio le disparó un puñetazo al rostro pero falló, y Jamal intentó volverse hacia otro lado. Angel lo pateó en la pierna. Jamal intentó desasirse, pero Indio lo agarró por el cuello, jalándolo hacia atrás sobre el seto.

—¿Cómo es que ahora no eres tan valiente? —dijo Indio—. ¿Por qué no sacas tu pistola para que todos vean cuán fuerte eres?

—Debemos enseñarle una lección a este estúpido —dijo Angel—. Algo de lo cual Randy se entere.

Jamal logró deshacerse de Indio, pero Angel lo golpeó en el estómago. Se dobló sobre sí mismo, pero Angel lo enderezó para que Indio pudiera asirlo de nuevo.

—Tenemos algo preparado para Mack mañana —dijo Indio—. Hoy es tu turno.

Indio lo arrastró sobre el seto hasta que sus pies dejaron de tocar el suelo. Jamal asió su brazo con ambas manos para deshacerse de él, para poder respirar.

No vio el puñetazo que lanzaba Angel, pero lo sintió. Sintió náuseas y comenzó a trasbocar. Los golpes llovían sobre él. Jamal pensó que iba a desmayarse Se encontró sentado en el suelo, y todo giraba a su alrededor. Vio que Indio se tambaleaba en dirección al columpio.

Jamal se arrodilló; la cabeza le daba vueltas. Veía la luz intermitentemente. Sintió la rodilla de Angel contra su hombro, miró hacia arriba y vio que buscaba algo en el bolsillo. Intentó avanzar hacia adelante, pero la pierna de Angel lo mantuvo aprisionado contra el seto. Se volvió al oír el sonido de la navaja y vio refulgir el acero.

¡*Crack*! ¡*Crack*!

Hubo una larga pausa.

¡*Crack*!

Jamal cerró los ojos con fuerza y se protegió la cabeza con la mano.

Sintió que algo caía sobre él y luego se retiraba.

—¡Jamal!

Miró hacia arriba. Era Tito.

—¡Levántate!

Jamal se asió del seto y se puso de pie. Miró hacia abajo y vio a Angel tendido en el suelo. Al otro lado del seto, Indio se escapaba a gatas.

—¡Vamos!

Jamal aspiró grandes bocanadas de aire y comenzó a correr detrás de Tito. Corrieron hacia lo oscuro del parque, hacia el lado Este. Jamal miró hacia atrás. Nadie los seguía. Afuera del parque, un grupo de jóvenes danzaba al ritmo de un tambor.

CAPITULO XVIII

Corrieron hasta el extremo del parque, más allá de las oscuras construcciones, hasta cuando ya no pudieron correr más. Los pulmones de Jamal ardían y sentía un gran dolor en las piernas. Se reclinó contra una pared, con la cabeza sobre el brazo. Tito se hallaba un poco más adelante, casi aplanado contra la pared, oculto en las sombras.

Jamal se aproximó a Tito.

—Me salvaste la vida, Tito —las palabras salían a borbotones—. Me salvaste. Iba a apuñalarme.

El cuerpo de Tito se sacudía por los sollozos. Jamal colocó sus brazos alrededor de Tito, y la cabeza en su hombro mientras intentaba recobrar el aliento. Miró calle abajo. Nadie los seguía.

—¿Dónde está el arma?

Tito miró y se sorprendió al ver que todavía la tenía en la mano. Jamal la tomó.

—Voy a deshacerme de ella ahora mismo, ¿está bien?

El rostro de Tito estaba inflamado, y las lágrimas corrían por sus mejillas. Asintió. Jamal buscó un lugar para abandonarla.

Había un basurero al final de la calle. Algunos tablones sobresalían por la parte superior. Jamal se aproximó. Era más alto que él, pero podía empinarse y alcanzar el borde. Miró de nuevo a su alrededor y tiró la pistola dentro. No escuchó ruido alguno; Jamal pensó que había caído sobre la basura. Regresó al lado de Tito, le puso el brazo sobre los hombros y se encaminaron a casa por la calle 118.

—Tenía una navaja —dijo Jamal—. ¿La viste?

Tito asintió.

—Intenté tomarla —dijo Jamal—. Sólo deseaba asirla. No me importaba herirme; se disponía a acuchillarme.

Tito asintió de nuevo. Luego se detuvo, puso las manos sobre las rodillas y trasbocó.

—Si los chicos no bebieran y no se drogaran, no trasbocarían en la calle —dijo una mujer con voz tan ronca como la de un hombre.

Jamal la miró y puso de nuevo su brazo sobre los hombros de Tito. Pensó en el parque. Imaginó a Angel tendido al lado del seto, a Indio al otro lado. Quizás no estuvieran gravemente heridos. Quizás estuvieran ahora en el parque. Más tarde, cuando se sintieran mejor, buscarían a los Escorpiones e irían a buscarlos, a Tito y a él.

—Jamal —la voz de Tito era baja y suave.

—Tito, ¿te encuentras bien?

—Lo siento.

—Me salvaste la vida.

—No quería dispararle a nadie.

—Lo sé —Jamal sostenía a Tito por el brazo. Lo sintió estremecerse—. Tú no querías hacer algo así, pero Angel iba a acuchillarme y me defendiste.

Tito no caminaba bien. Se tambaleaba y Jamal pensó que iba a caer. Se detuvieron cerca de un bar, y Jamal miró su rostro a la luz de un piano de neón que había en la ventana.

—¿Te encuentras bien, Tito?

No se veía bien. Lucía como si alguien hubiera dibujado su rostro y hubiera colocado dos grandes huecos negros en lugar de sus ojos.

Tito temblaba y lloraba. Tuvieron que detenerse dos veces más para descansar, aun cuando caminaban lentamente.

Jamal no quería detenerse. Quería estar en casa, lejos de las oscuras calles. Creyó ver a Angel caminando hacia ellos. Se detuvo, con el corazón en la boca, y ocultó a Tito en un portal. No era siquiera un muchacho lo que había visto;

era una chica en jeans, con un pañuelo amarillo anudado en el cuello.

Llegaron a casa de Tito.

—Estoy tan atemorizado —confesó Tito.

—¿Puedes entrar solo?

—No lo sé.

—Intenta dejar de llorar —dijo Jamal.

—Dios me castigará —dijo Tito.

Jamal lo atrajo hacia sí y lo sostuvo.

—Todo saldrá bien, Tito, todo saldra bien.

—Iré al infierno —dijo Tito.

—Todo estará bien Tito —dijo Jamal—. Se enfadarán con nosotros, pero todo saldrá bien.

—Acompáñame arriba —dijo Tito.

Jamal no quería hacerlo. Deseaba llegar a casa.

—Está bien.

Tito tomó un largo rato en subir las escaleras. Jamal tuvo que ayudarle. Tito abrió la puerta y entraron.

—¿Tito? —la abuela estaba en el baño y llamó a través de la puerta.

—Jamal está conmigo, abuela —dijo Tito. Ja mal le limpiaba el rostro con las manos.

Entraron en la habitación de Tito; éste se des vistió y se metió en la cama.

—Debo irme —dijo Jamal.

—Jamal, ¿rezarás por mí?

—Sí. Y tú también, ¿verdad?

La abuela se encontraba en la   erta. Se diri gió a Tito en español.

—No me siento bien —dijo Tito.

La abuela añadió algo en español y se marchó.

—Hará un poco de té —dijo Tito.

—Debo irme —dijo Jamal.

—Corre hasta tu casa —dijo Tito.

—Seguro.

Jamal estaba atemorizado. Angel no sabía dónde vivía, pero Sangre y otros de los Escorpiones sí; solían venir a buscar a Randy. Quizás ya lo estarían esperando. Estarían en la oscuridad del pasillo u ocultos detrás de algún camión. No importaba cuándo lo encontraran; sabía que lo harían.

Y entonces, ¿qué haría? Angel no tendría una navaja. Tendría una pistola. Quizás se pasearan frente a su casa, en las sombras. Saldrían y lo matarían.

Pensó en la pistola, y quiso regresar por ella, pero estaba demasiado atemorizado.

Las calles estaban muy oscuras. Rompió a correr. Corrió tan rápido como pudo. Corrió hasta que el dolor en el costado lo detuvo y lo obligó a cojear. Sin embargo, continuó.

Llegó hasta el pasillo conteniendo la respiración. ¿Y si habían entrado en su apartamento? Quizás incluso tuvieran a Sassy y a Mama.

Jamal subió lentamente las escaleras, intentando hacer el menor ruido posible. Cuando llegó al piso, se acercó rápidamente a la puerta y abrió.

Todo estaba tranquilo. Jamal puso el cerrojo y se dirigió a la habitación de Sassy. Encendió la luz. Su hermana estaba atravesada en la cama, con la muñeca negra a su lado.

Jamal cerró la puerta y se fue a la cama. No podía conciliar el sueño. Estaba atento a escuchar pasos en la entrada, ruidos extraños. Intentaba separar estos ruidos de aquéllos que provenían de la calle. Cuando finalmente se durmió, la luz gris de la aurora cubría ya la habitación.

—Jamal, creo que este programa será maravilloso para ti —la señora Roberts sostenía la píldora que tranquilizaría a Jamal en la escuela en una mano, y un vaso de cartón con agua en la otra—. Nunca he visto un chico más hiperactivo que tú. ¿Tomaste cereal en la mañana?

—¿Cereal? Sí —respondió Jamal.

Tomó la píldora y el vaso con agua.

—Es otra cosa que debes evitar —la señora Roberts tomó el vaso vacío y lo tiró al basurero—. El cereal está lleno de azúcar.

Jamal había dicho a Mama que las píldoras eran vitaminas, y que los chicos mayores las tomaban. Mama finalmente firmó el papel, pero dijo que luego lo miraría con más cuidado.

No sabía si era el efecto de la píldora, o si sólo estaba fatigado, pero se sintió bien todo el día. A veces parecía que iba a quedarse dormido, pero no lo hizo. Incluso cuando Billy Ware se acercó a decirle tonterías acerca de cómo creía que podía vencer a Dwayne, no le prestó atención.

—¿Se lo has dicho también a Dwayne? —preguntó Jamal.

Billy tartamudeó y miró a su alrededor. Jamal supuso que había dicho lo mismo a ambos. Se rió de él, y en medio de la risa, se olvidó por qué reía.

No deseaba pensar en nada, y sólo pensaba en una cosa.

Tito no había asistido a la escuela en la mañana. Llegó al mediodía con un diario.

—No dice nada —dijo Tito.

—Esas cosas no aparecen en los diarios —dijo Jamal—. Seguramente ya se encuentran bien.

—¿Lo crees? —el rostro de Tito todavía estaba un poco inflamado alrededor de los ojos. Jamal pensó que había llorado toda la noche.

—Sí, seguro.

—Le dije a la abuela que nos habíamos peleado. Pensó que había peleado contigo, pero le dije que dos chicos mayores nos habían importunado.

—¿Qué respondió?

—Dijo... —Tito cesó de hablar y se volvió. Jamal intentó colocarse frente a él para ver su rostro, pero Tito continuaba girando. Vio que estaba muy afectado.

—Todo saldrá bien, hombre —dijo Jamal—. Lo prometo.

—Quizás pueda visitarte esta tarde —dijo Tito—. Podemos leer historietas, o algo así.

—No podrás visitarme durante algún tiempo —dijo Jamal. Vio venir un balón que se había escapado a unos chicos más pequeños. Lo detuvo y lo lanzó a una chica que estiraba los brazos, pero pasó por sobre su cabeza. La chica le sacó la lengua.

—¿Por qué no puedo ir? ¿Estás enojado conmigo? —preguntó Tito.

—¿Enojado contigo? ¿Salvaste mi vida y crees que estoy enojado contigo? —preguntó Jamal—. El problema es que Mama está muy alterada con lo sucedido a Randy.

—¿Todavía está en el hospital?

—Sí, y ella continúa intentando conseguir el dinero para sacarlo de la prisión —dijo Jamal—. Quizás puedas venir la próxima semana.

Jamal no deseaba decirle que temía a los Escorpiones. Si venían a buscarlo, al menos no encontrarían a Tito. Notó que a Tito no le había agradado su respuesta, pero por el momento, era lo mejor que podía hacer.

—¿Y cómo regresará si todavía está cubierto de vendas? —preguntó Sassy.

—Tienen un hospital en la cárcel —dijo Mama—. Dijeron que le permitirían trabajar allí durante seis meses, o hasta cuando recobre sus fuerzas.

—¿Qué dijo el abogado?

—Cuando le dije que no había podido obtener el dinero en préstamo dijo que no podía hacer mucho. Llenó un papel pidiendo que trasladaran a Randy a otra prisión; allí sería más fácil visitarlo. Pero eso fue todo.

—¿Y acerca de la apelación? —preguntó Jamal.

—Jamal, ¿te sucede algo?

—No, señora.

—Creo que ha estado bebiendo —dijo Sassy.

—Jamal, si tienes algún problema...

—Estoy bien —dijo Jamal. Consiguió sonreír. Mama aspiró profundamente.

—Debemos mudarnos a un lugar mejor. Debo sacarlos de aquí antes de que tú y Sassy se metan también en problemas.

—Yo no lo haré —dijo Sassy—. Soy muy sensata.

—Todos nacemos así —respondió Mama—. Sólo Dios sabe qué sucede después.

—¿Irás a visitar a Randy hoy? —preguntó Sassy.

Mama negó con la cabeza.

Después de la cena, Jamal encendió el televisor y miró el noticiero.

CAPITULO XIX

—Jamal, vístete para ir esta noche a la iglesia —dijo Mama.

—¿No irás a visitar a Randy esta noche? —preguntó Sassy.

—No, no tendré tiempo suficiente —respondió Mama.

—No me siento muy bien —dijo Jamal—. Será mejor que permanezca en casa.

—Te he notado muy decaído esta semana —dijo Mama—. No estarás tomando droga, ¿verdad?

—¿Crees que lo haría?

—Randy me preguntó exactamente lo mismo una vez —dijo Mama—. Y si hubieras visto su rostro, hubieras pensado que era un angelito.

—Mama, yo no...

—¡Jamal!

—Iré a la iglesia, Mama.

Jamal se cambió de ropa y Sassy comenzó a peinar su cabello. Mama le puso un poco de crema en el rostro y arregló su cinta.

Era maravilloso cuando Mama se encontraba en casa en la tarde. La semana anterior había tenido que viajar en autobús todos los días hasta donde se encontraba Randy.

Jamal pensó cómo se sentiría Randy de que ella no lo visitara. ¿Estaría atemorizado como lo estaba Jamal? Quizás sería peor; tal vez temería regresar a la prisión, donde se encontraban aquellos tipos que lo habían acuchillado.

—Jamal, Mama dice que no tardes todo el día mirándote al espejo —gritó Sassy a través de la puerta del baño.

—¡Te las verás conmigo! —dijo Jamal.

Jamal pensó cuán atemorizado estaría Randy en la prisión, y cuán atemorizado estaba él aquí en Harlem. Durante un tiempo no había sentido miedo. Cuando tenía la pistola en el depósito no lo había sentido. Incluso cuando había ido a buscar a Mack a casa de los traficantes, no estaba asustado. Quizás a uno lo maten con facilidad cuando tiene una pistola, pero al menos no está atemorizado.

—¡Jamal! —gritó Mama.

La aseadora había fregado los pisos con amoniaco de nuevo, como solía hacerlo una vez a la semana. El olor le provocaba náuseas a Jamal.

—En lo sucesivo, iremos a la iglesia como una familia —dijo Mama—. Y no te hará ningún daño, Jamal, así que no intentes evitarlo.

—No he dicho nada.

—Creo que se disponía a decir algo —dijo Sassy.

—Sassy, ¿cómo vas a decir una mentira camino de la iglesia, hijita?

—Siempre tiene algo que decir —dijo Jamal.

Jamal sintió un dolor en el estómago cuando vio a Mack sentado en la escalinata.

—Oye, olvidé en qué apartamento vives —dijo Mack—. ¿Cómo está usted, señora Hicks?

—Bastante bien —respondió Mama con frialdad.

—¿Cómo está Randy?

—Está mejor —dijo.

—Oye, Jamal ¿tienes un momento?

—Estaré contigo en un momento, Mama —dijo Jamal.

Los ojos de Mama brillaban enojados.

—Jamal, ¿quieres hablar con este muchacho?

—Sí señora.

—Te espero en la iglesia en cinco minutos; de lo contrario vendré a buscarte, ¿me entiendes?

Mama tomó a Sassy de la mano y se dirigió calle abajo hacia el tabernáculo de Bethel.

—¿Qué ocurre? —dijo Jamal. El aliento de Mack olía a vino. Miró a su alrededor buscando a otros Escorpiones.

—Tuve que hacerlo —dijo Mack.

—¿Hacer qué?

—Deshacerme de Indio y de Angel.

—¿Cómo? —Jamal casi se desploma; tuvo que apoyarse en la balustrada.

—Continuaron importunándome; entonces convoqué a una reunión —prosiguió Mack—. Nos encontramos en el club. Luego fuimos a pasear e intenté explicarles que no me agrada que se metan conmigo. Luego intentaron golpearme, y tuve que quemarlos.

—¿Qué hiciste?

—Estábamos en aquel parque cerca de la avenida Lenox, ¿lo conoces?

—¿El Marcus Garvey?

—Sí —asintió Mack—. Cuando Angel intentó atacarme, me adelanté. Le puse un tiro en la cabeza. Luego Indio intentó hacerlo y tuve que dispararle también.

—¿Están muertos? —Jamal sintió que su mano temblaba y la ocultó bajo su pierna.

—Angel murió, pero Indio fue llevado a urgencias. Lo cosieron un poco y luego lo arrestaron por posesión de droga. Estará encerrado durante un largo rato.

—¿Se encuentra preso ahora?

—Sí, pero ¿sabes que trató de hundirte?

—¿Qué?

—Dijo que tú habías intentado matarlo. Dijo que estábamos juntos. Que mientras tú le hablabas, yo estaba oculto tras un árbol y le había disparado. Pero esto no significa nada, porque me encargué del asunto y ahora tú y yo seremos los jefes de los Escorpiones. El grupo es nuestro.

Jamal miró a su alrededor. Intentaba recobrar el aliento.

—No puedo continuar con esto —dijo Jamal.

—Claro que sí, hermanito.

—No, tienes más valor que yo —dijo Jamal—. Indio no tratará de importunarte

—Oye, sabes que Mack se encargará del asunto.

—¿Qué dicen los demás?

—Me respetan —dijo Mack—. Te deshaces de un par de tipos y les muestras quién eres. Si matas a alguien, saben que haces valer tu palabra.

—Tú debes ser el jefe de los Escorpiones —dijo Jamal—. Tú eres la persona indicada, Mack.

—Sí, quizás tengas razón —dijo Mack—. Eres un poco joven. Tipos como Indio y Sangre son demasiado mayores para ti.

—¿Qué sucederá con Indio?

—Está muy malherido, porque le di en el cuello. Pero sabe que no puede volverse contra mí porque conozco demasiadas personas en el negocio. No podrá hacer nada.

—¿No tendras problemas?

—No, hombre, si te adelantas no tienes problemas —dijo Mack.

—¿Los traficantes negociarán contigo? ¿Qué
han dicho?

—¿Qué han de decir? Necesitan vendedores y
los Escorpiones son los mejores —dijo Mack—.
Randy está en prisión y ahora Indio también.
Angel está en el refrigerador. Tienes que nego-
ciar con quien esté disponible.

—Mira, le diré a mi madre que le haga saber a
Randy que tú serás el jefe de los Escorpiones.
Eso le agradará mucho.

—Sí, sí. Randy es mi mejor amigo. Debo marcharme —dijo Mack—. Sólo deseaba enterarte
de lo sucedido.

—¿Crees que Indio intentará hacer algo contra
mí?

—No, hombre, ¿para qué? Una vez realizado
el negocio, ¡está hecho! Cuando estás en las
calles, tienes que adaptarte a lo que hay allí. Oye
se acerca tu madre. Debes ser bueno con ella
cuando ya no esté contigo, lo lamentarás.

—Sí, te buscaré luego.

—Y no olvides decir a tu madre que se lo
cuente a Randy —dijo Mack.

—Seguro.

Jamal vio cómo Mack se tambaleaba calle
abajo; luego giró y regresó hacia las escalinatas.

—Oye, Jamal, no te preocupes por nada; los

Escorpiones siempre estarán en la esquina de tu casa, y puedes verificarlo para saber que es la pura verdad.

Mack estiró la mano y Jamal la estrechó con fuerza.

—¿Qué deseaba? —preguntó Mama.

—Dijo que deseaba ser el jefe de los Escorpiones —dijo Jamal—. Creo que es lo que hubiera deseado Randy.

CAPITULO XX

Los Escorpiones asistieron al entierro de Angel. Mack era el jefe, pero al parecer Sangre había comenzado a causar problemas. Mack había dicho que no tenía importancia, pues Sangre no deseaba vérselas con él.

El funeral no era muy grande. Había cuatro autos — un viejo Cadillac verde, que avanzaba detrás del cortejo, donde se encontraba la familia de Angel; dos Lincoln nuevos que los traficantes habían prestado a los Escorpiones. Todos los chicos del barrio comentaban cómo habían saltado los Escorpiones a los autos al salir de la funeraria.

—Soy un Escorpión, ¿sabes? —era un chico de piel blanca, con el pelo crespo y un palillo de dientes en la boca.

Jamal pensaba en Tito. Era Indio quien se encontraba preso y Angel quien había sido asesinado, pero Jamal sabía que Tito tenía problemas. Era como si hubiera sido herido en un lugar que Jamal no podía ver, pero sabía que allí estaba la herida. La semana anterior al entierro de Angel, Tito no había salido de su casa. Jamal fue a visitarlo y lo encontró en su habitación con las persianas cerradas. Le dijo lo que había sucedido, y que Mack decía que había sido él quien había disparado contra Angel e Indio.

—Tiene un cuento larguísimo —dijo Jamal—. Como si fuera un héroe, o algo así.

Tito susurró algo que Jamal no alcanzó a escuchar. Jamal apagó el radio y preguntó qué había dicho.

—No quería matar a nadie —dijo.

—Lo sé, amigo —Jamal puso su brazo sobre los hombros de Tito.

La abuela no le permitió a Jamal que entrara la siguiente vez que fue a verlo. «Está enfermo», era lo único que decía. Jamal lo llamó dos veces, pero la abuela no le permitía hablar por teléfono. «No lo llames», decía. «Está muy enfermo».

Jamal preguntó a la señora Rose en la oficina de la escuela si había sabido algo, pero respondió negativamente; dijo que si no regresaba pronto, perdería el año escolar.

Después del funeral, Jamal comenzó a sentarse en las escalinatas del edificio de Tito. A pesar del frío, lo hacía todos los días. A veces salía la abuela a la tienda y lo veía. No decía nada a la abuela, aun cuando creía que quizás ella quería decirle algo.

Mama estaba preocupada por él, lo sabía. Le preguntaba a menudo si tomaba drogas, y una vez registró el sofá.

—¿Te agradaría ir a Carolina del Norte el resto del año escolar? —preguntó.

—No, no iré —respondió Jamal.

El miércoles anterior a la entrega de calificaciones hacía mucho frío, pero brillaba el sol. El señor Hunter pidió a Jamal sus tareas y, como él no las había hecho, lo envió a la oficina del señor Davidson inmediatamente. El señor Davidson le anunció que había recomendado su traslado a una escuela para chicos con problemas.

—Me parece bien —dijo Jamal.

La señora Rich, cuando se enteró de ello, se dirigió a Jamal en el pasillo. Le dijo que no era necesario que fuera a la otra escuela si no lo deseaba. Podía dejar de ir a la escuela el resto del semestre y regresar al semestre siguiente.

—Si lo haces, tendrás que repetir el año —dijo—. Pero debes pensarlo. Eres un poco joven, y esos chicos con problemas son muy rudos.

Jamal se encogió de hombros. Le alegraba que le hubiera hablado; parecía interesarse por su suerte. No se lo dijo, pero estaba contento.

Al día siguiente no asistió a la escuela. Estaba sentado en la escalinata del edificio de Tito, pensando en lo que había dicho la señora Rich, pensando cuánto dinero podría ganar acarreando paquetes en el supermercado, cuando salió Tito.

Había perdido peso. Se veía pálido contra la pared del edificio.

Jamal lo miró y comenzó a ponerse de pie; luego se sentó de nuevo. Parecía que Tito rompería a correr en cualquier momento.

Permanecieron en la escalinata un rato sin hablar; luego Tito bajó y comenzó a caminar. Jamal se levantó y caminó a su lado.

—¿Cómo te encuentras?

—No muy bien —respondió.

—Todo saldrá bien —dijo Jamal—. En serio.

—La abuela cree que me golpeaste —dijo.

—¿No dijiste nada?

—Jamal —la voz de Tito bajó—, era demasiado para mí. Tuve que decírselo. Me sentía enfermo todo el tiempo a causa de ello.

—Creo que te repondrás —dijo Jamal—. Quizás tome algún tiempo, pero te repondrás.

—La abuela contrató un abogado y fuimos a la estación ae policía —dijo Tito.

Jamal se detuvo.

—¿Y qué sucedió?

—Dije que había hallado una pistola, que estaba paseando por el parque cuando Indio y ese otro chico me habían atacado —Tito volvió la cabeza—. Me hicieron muchísimas preguntas acerca de los traficantes de droga, pero dije que no sabía nada acerca de eso. Dije que me encontraba solo. Creo que no les importaba mucho.

—¿Tendrás que asistir a una audiencia?

—No. Llamaron a la escuela para verificar mi edad, y me hicieron cargos de delincuencia juvenil.

Jamal miró a Tito. Vio que las lágrimas corrían por su rostro; sus ojos se asemejaban a los de su abuela.

—Tito... —Jamal no encontraba las palabras apropiadas.

—Dijeron que puesto que era joven podría regresar a Puerto Rico y vivir con mi padre; así no buscaría más problemas.

—¿Y debes marcharte?

—Hubiera sido mejor que me golpearan —dijo Tito. Ahora lloraba más fuerte y todo su cuerpo se estremecía. Ambos chicos se miraron durante largo rato en silencio.

—Tito, lo siento —dijo finalmente Jamal.

—Yo también —dijo Tito. Luego se volvió y se marchó corriendo hacia el edificio.

Jamal se dirigió lentamente a casa. Hubiera querido decirle otras cosas a Tito. Le hubiera gustado decirle cómo lamentaba haber conservado la pistola. Pero no había podido decir nada. Las palabras permanecían como rocas en el fondo de su estómago, arrastrando hacia abajo su vida.

Todos los recuerdos que tenía de esa arma eran amargos. Había causado tantos problemas, los había herido tanto... Pero había algo más. Algo en el fondo de sí mismo que Tito conocía, que quizás había descubierto antes que él. Era aquella parte de sí mismo pequeña y temerosa, aquella parte de sí que todavía deseaba tener una pistola.

La abuela llamó el día en que viajaban a Puerto Rico. Mama respondió el teléfono y conversó con ella.

—¿Por qué no me dijiste que Tito regresaba a Puerto Rico? —preguntó Mama—. No me sorprende que estés deprimido todo el tiempo. Sé cuán difícil es perder un amigo.

—¿Cuándo se marchan? —preguntó Sassy.

—La abuela dice que ya tienen todo dispuesto —dijo Mama—. ¿Quieres que te acompañe a despedirlos, Jamal?

Jamal respondió negativamente.

Tomó el dibujo que había hecho de Tito. Era el mejor que había hecho en su vida. Lo enrolló y lo envolvió en una bolsa de plástico.

—¿Estás bien, Jamal? —preguntó Sassy.

Jamal asintió.

—Es un dibujo muy bueno —dijo Sassy—. Le gustará.

Era domingo en la tarde y la calle estaba llena

de gente. Algunos muchachos jugaban al fútbol. La abuela y Tito se encontraban ya frente al edificio, con las valijas sobre la vereda, cuando llegó Jamal. Tito apartó la mirada cuando lo vio, y Jamal pensó que estaba enojado y que no quería verle. Giró un poco para ver su rostro; Tito lloraba de nuevo.

—Conseguiré un barco e iré a visitarte a Puerto Rico —dijo Jamal.

Tito sonrió y las lágrimas brillaron en sus ojos.

—Te ves feo cuando lloras —dijo Jamal.

--Todo el mundo se ve feo cuando llora —replicó Tito.

Un taxi se aproximó a la vereda. La abuela comenzó a acomodar las valijas en el asiento trasero.

—¿Quieres llevarte esto? —Jamal sacó el dibujo de la funda plástica.

Tito miró el dibujo. Luego miró a Jamal.

—Ya no me gusta —dijo— ahora me veo diferente.

Entregó el dibujo a Jamal y corrió hacia el taxi.

Jamal permaneció reclinado contra los ladrillos rojos del edificio. Observó cómo el conductor terminaba de colocar el equipaje en el destartalado taxi.

El taxi se alejó. Jamal se volvió y se encaminó a casa. No pensaba en nada. Casi no sentía, excepto por el ardor en los ojos y un dolor sordo en la garganta difícil de precisar. Prosiguió con el viento azotándole el rostro y el sonido de un disco transmitido por un alto parlante barato que provenía de una tienda de legumbres.

—¡Jamal!

Inicialmente pensó que no había escuchado su nombre en realidad. Pensó que había sido el viento que soplaba sobre los letreros metálicos de las tiendas abandonadas, o el sonido distante de un tambor.

—¡Jamal!

Se volvió y vio cómo el taxi se aproximaba lentamente. Se detuvo y Tito se abalanzó hacia afuera. Tito se acercó, lo abrazó y lo besó en el rostro.

Tito miró a su amigo por un momento, y luego tomó el dibujo. Sus ojos se encontraron.

—Tito —era la voz de la abuela.

Esos instantes habían transcurrido tan rápidamente que eran casi un recuerdo antes de suceder. Tito había regresado al taxi.

Una figura en la ventana trasera del taxi agitaba la mano en señal de despedida. Jamal no pudo determinar si era Tito o la abuela.

El viento recrudeció. Estaba frío, mucho más frío. Un chico alto, que caminaba en la misma dirección de Jamal, lo miró de arriba abajo. Jamal echó la cabeza hacia atrás y endureció la mirada. El chico apartó la vista. Jamal cerró el cuello de su abrigo para protegerse del viento.

Torre roja (a partir de 7 años)

Más historias de Franz
Christine Nöstlinger

Nuevas historias de Franz en la escuela
Christine Nöstlinger

De por qué a Franz le dolió el estómago
Christine Nöstlinger

Solomán
Ramón García Domínguez

El país más hermoso del mundo
David Sánchez Juliao

¡Hurra! Susanita ya tiene dientes
Dimiter Inkiow

Yo, Clara y el gato Casimiro
Dimiter Inkiow

Torre azul (a partir de 9 años)

Mi amigo el pintor
Lygia Bojunga

Víctor
Pauline Vergne

¡Por todos los dioses...!
Ramón García Domínguez

Roque y el río
Thalie de Molènes

Flora, la desconocida del espacio
Pierre-Marie Beaude

Leyendas del mar
Bernard Clavel

La gata que se fue para el cielo
Elizabeth Coatsworth

Días de terror
Sylvia Cassedy

Torre verde (para jóvenes adultos):

La prisión de honor
Lyll Becerra de Jenkins

Cuando el periodista Maldonado se niega a interrumpir los continuos ataques que hace en sus editoriales al dictador de su país, lo llevan prisionero, con su familia, a una casa abandonada en los Andes. Marta Maldonado narra cómo su familia lucha contra el aburrimiento, el hambre y el miedo, y cómo se esfuerza por soportar con dignidad la humillación y la represión de las cuales es víctima.

Las minas de Falun y Afortunado en el juego
E. T. A. Hoffmann

Las minas de Falun narra la historia de un joven minero que, seducido por el fantasma de un marinero, llega a Falun y vive una historia de amor contrariada por los espíritus de las profundidades de la tierra. *Afortunado en el juego* relata la triste experiencia de un hombre que sucumbe ante la pasión del juego, y que intenta salvar de esta poderosa atracción a un distinguido barón.

El camino de los fresnos
Iván Southall

Primero sintieron aquel calor agobiante y el olor a humo. Después escucharon la sirena de los bomberos, y los adultos comenzaron a comportarse de manera diferente de la acostumbrada. Poco a poco se dieron cuenta de que estaban solos y el pánico los invadió... ¡Debían hacerle frente a aquel drama inusitado y aterrador!

El Papagayo Azul
Jacqueline Mirande

Corre el año 1848: Napoleón III es el soberano de Francia, y muchos de los revolucionarios que lucharon por instaurar la República se encuentran en el exilio. El joven Mathieu desconoce lo que está sucediendo en su país, pero uno de los exiliados franceses lo involucra en una peligrosa aventura cuando desembarca clandestinamente en Francia para llevarlo con él a Inglaterra. En El Papagayo Azul, un bar frecuentado por marineros, comienza a vislumbrarse la buena suerte que acompañará a Mathieu durante todo el viaje.

El «Lunático» y su hermana Libertaa
Paul Kropp

La era de los hippies pasó hace ya muchos años, pero el padre de Ian y Libertad McNaughton insiste en seguir en esa onda, y constantemente hace avergonzar a sus hijos. Ian es el «Lunático», un chico demasiado brillante para ser aceptado, que está convencido de que es un extraterrestre que se encuentra en la Tierra en una misión especial. Líber desea ser popular y aceptada socialmente a cualquier precio. Cuando la madre, que había desaparecido años atrás reaparece convertida en una *yuppie*, Ian y Líber se ven en medio de dos extremos, con resultados muy divertidos.

El disfraz disfrazado y otros casos
Ellen Raskin

Dickory Dock jamás imaginó que al trabajar como aprendiz de Garson, un célebre y enigmático retratista, tendría que actuar como espía, detective y guardiana de un fabuloso tesoro. Tampoco sospechó que ella se convertiría en el sargento Kod, asistente de confianza del inspector Noserag (Garson, escrito al revés, casi), y que juntos resolverían cinco misteriosos casos.

La casa de Lucie Babbidge
Sylvia Cassedy

En la escuela la llaman Lucie la Gansa y la señorita Pimm dice que es terca, pero en la casa de Lucie Babbidge todo es diferente: allí Lucie es alguien muy especial. Sin embargo, en su mundo hay muchos misterios y no todo es como parece ser. Lucie tiene recuerdos borrosos de su pasado y lleva una vida secreta de la cual nadie sabe.

Encerrada
Ouida Sebestyen

Sin razón evidente, Jackie McGee es secuestrada y abandonada en un sótano. El prolongado encierro pone a prueba su fortaleza física y emocional, y la obliga a reflexionar profundamente sobre su vida; sus impresiones quedan consignadas en una serie de cartas que escribe durante el cautiverio.

Vito Grandam
Ziraldo Alves Pinto

Nuestro protagonista cae en un hueco cuando iba en busca de Vito Grandam. Allí sueña con ser escritor y recuerda su infancia, su estadía en Carajás y su paso por Irak, donde vivió con su padre. La presencia constante de Vito lo acompaña a través del recuerdo. El estilo imaginativo de ZIRALDO conduce al lector por la vida de un adolescente que, atrapado en una situación desesperada, viene y va entre su memoria y su fantasía.

Torre dorada
CLÁSICOS UNIVERSALES

Pinocho
Carlo Collodi

El conejo de felpa
Margery Williams